늑대는 눈알부터 자란다

늑대는 눈알부터 자란다

poetic theatre

김경주 희곡

オオカミは目玉から育つ

金經株 作

이 세계는 기형이다

멸종하고 있다는 것은 어떤 종의 울음소리가 사라져간다는 것이다

나는 멸종하지 않을 것이다

시 「우주로 날아가는 방」 중에서

어머니와 나는 같은 피를 나누어 가졌다기보다는

어쩐지 똑같은 울음소리를 나누어 가진 것 같다고 생각한 적이 있다

시 「주저흔」 중에서

이 텍스트는 시집 『나는 이 세상에 없는 계절이다』와 『기담』에 실린 몇 편의 시에서 이야기의 가능성을 토대로 출발한 희곡이다. 그 안에는 우리의 세계(언어)가 여전히 기형과 불구의 세계를 담고 있고 그것에 우리 삶의 구체성이 관계하고 있다는 작가의 세계관이 담겨 있다. 우리 모두는 원형(모체)으로부터 분리된 후 하나의 기형을 앓고 있다는 연속성에서 이 이야기는 가능성을 가지고 움직인다.

첫 시집과 두번째 시집에서 주목했던 '세계의 불구성'이란 관점은 그런 점에서 이생이 불구의 연속임을 인식하고 거기서 발견되는 인간의 삶에 대한 연민과 비애를 '늑대의 울음소리와 야성'을 통해 극적 형상화를 시도한 것으로 이해될 수 있다. 그러한 작품이 갖는 온도를 따라가면 작품에 등장하는 '유괴' '불구의 다양한 이미지들-기억, 언어'의 양상들은 시극의 형식을 가지고 움직인다고 할 수 있을 것이다.

시극은 문학의 장르 안에서 레제드라마로서 여전히 유효하다. 공연을 전제로 하는 대본으로서의 기능성뿐만 아니라 희곡으로서의 중요성 또한 크다. 엘리엇의 『캣츠』『대성당의 살인』, 로르카의 『피의 결혼식』 외 고대 비극의 여러 작품은 여전히 중요한 시극의 가치를 가지고 있다. 시극은 시어가 가지는 함축성이나 리듬 못지않게 서사 속에서 침묵의 질을 주요하게 다룬다. 즉 말해지는 것보다 말하여지지 못하는 것에 주목한다. 시는 언어보다 언어 너머의 세계에서 그 본래성을 찾아왔으며 시극은 언어로 공간을 만들지만 그 공간을 채우는 것이 아니라 시적 언어로 공간을 비우는 작업에 그 고유성이 존재하기 때문일 것이다. 시극의 장소는 언제나 세계가 아직 만나지 못한 새로운 공간이 태어나는 곳이다. 수많은 극시인들은 새로운 공화국에 자신의 시를 산란해왔다.

유럽이나 일본의 경우 문학 교육에 있어 희곡의 중요성은 그 뿌리가 깊다. 문학의 자장 안에서 인간을 성찰하고 인간의 표현을 이해하는 데 희곡이라는 장르는 대중과 함께 존재감을 깊게 잉태해온 것이다. 그런 연유로 우리 문학 교육에서 희곡이나 시극에 대한 이해와 감상의 부재, 공연 정보의 분말로만 이루어진 연극 잡지의 획일화는 시극이 대중으로부터 멀어진 결과를 초래해온 것도 사실이다. 희곡(시극)을 가까이 경험할 수 있는 지면의 부족이 아쉽다.

연극 〈늑대는 눈알부터 자란다〉는 2006년 연극실험실 '혜화동 1번지'에서 초연 이후 다섯 차례 이상 공연된 레퍼토리로서 꾸준히 관객을 만나왔다. 2008년에는 시인이자 일본문학 번역가 한성례 선생님의 도

움으로 일본 잡지 『공작예술』에 특집으로 소개되었으며 현재 일본에서의 공연을 계획중이다. 여기 실린 일본어 번역본은 그러한 연계성을 염두에 두고 특별히 작업한 결과이다. 독자가 이 텍스트를 통해 시와 극의 멀어진 거리를 회복하고 희곡에 대한 애정을 가지는 계기가 될 수 있다면 작가로선 더할 나위 없는 기쁨일 것이다.

2014년 9월 김경주

차례

이 극에서 인물은

                            늑대처럼 보일 수도 있고

늑대가 아닐 수도 있다.

때

아주 상이한 시간들이 충돌하는 시간.
핵전쟁 이후.
종(種)과 계(係)가 뒤섞여 있다.

등장인물

어머니

아들

여자

경찰 1, 2

새끼 늑대 1, 2
(인형)

공간

어두운 숲속,
죽은 나무의 뿌리 안
캄캄하다

여기저기 뿌리들이 치렁치렁 뻗어나와 있다

똑똑

물방울이
떨어진다

천장에 매달린 박쥐들
입을 벌린다
침이 흘러내린다

똑똑

창밖은
어둡고
붉은 나무에는
간들이
주렁주렁
매달려 있다

벽엔
갈고리에 걸린
박제들

실험기구들
유리통에 담긴 내장들
피 묻은 캐비닛

정육점인 듯
실험실인 듯

똑똑

누군가
서성이면서

밖에서
문고리를
놓았다가
잡았다가

물방울 소리

똑똑

1막

어머니, 앉아서 가죽장갑을 끼고 정육점용 앞치마를 입은 채 박제를 만들고 있다.

　　　솜뭉치, 쇠창살 등이 냉장고와 티브이 옆에 쌓여 있다.

　　　　　아들, 양팔이 헐렁하게 늘어진 옷을 입은 채
　　　　　(두 팔이 없는 것이 강조돼 보이도록 크고 헐렁할수록 좋다.)
　　　　　힘없이 등장한다.

　　　　　아들, 어머니 똥구멍에 고개를 들이대며 코를 벌름거린다.

어머니
아니 애야,
네가 집에 웬일이냐?

　　　아들
　　　제기랄,
　　　어쩌다보니 또 오게 됐네요.

어머니
그래도 전화 한 통 없이
들이닥치면 어떡하니?
집안에 내 남자친구라도 있었으면
큰일날 뻔했잖아.

아들

전화할 돈이 없었어요.

어머니

이번에도 내 목을 조르고
돈을 훔쳐 달아날 생각이라면
단념하는 게 좋을 거야.
난 이제
빈털터리니까.

(사이)

어머니

여긴 어떻게 찾은 거야?

아들

어머니 분비물 냄새가 나서
혹시 하고 들어와봤죠.
전 어머니가
흘려놓은 냄새는
잘 맡잖아요.

(사이)

어머니
입을 벌린 채
내가 비쩍 말라
죽어 있을 거라고 생각했니?

꼭 그걸 확인하려고
온 표정이구나.
찾아오다니 너무했어.

　　　　　(침묵)

어머니
(아들의 몸을 훑어보며)

아니 애야,
그 팔은 어떻게 된 거냐?

　　　　　　아들, 흔들의자를 흔든다.

　　　아들
　　　그냥 사고였어요.

어머니

사고라니?
그게 무슨 소리냐?
말해봐라. 덫을 밟은 게냐?

아들

잘 아시잖아요.

아들, 흔들의자를 흔든다.

어머니

맞아! 그건 그냥 사고였어.
내가 널 가졌을 때
그것들만 안 먹었어도……

아들

또 그 얘기.
어머니
이제 그 얘긴
그만 좀 할 수 없어요?

어머니

애야,
우린 2년 만에 만나는 거란다.

아들

입덧 이야기를
하고 싶으신 거잖아요.

어머니
맞아 입덧!
네 아버지가 구해온
살모사를
먹는 게 아니었어.

아들
입덧중에
산 뱀이 먹고 싶다고 한 건
아마 어머니가
이 세상에서 유일할 거예요.
아버진 푸릇푸릇한 새를
어머니에게
먹이고 싶어했지만.

어머니
난 정말 몰랐단다.
내 뱃속에서
고 살모사 새끼가
제 어미 몸을 찢고 나와
네 팔을
뜯어먹어버릴 줄은……

아들
어머니 몇 번을 말해야 하죠?
그건 어머니의
추측일 뿐이에요.

어머니

무서웠을 거야.
난 밤마다 뱃속에서
이를 갈며 자고 있는
뱀을 느끼곤 했어.

아들

그건 어머니의 악몽이었어요.
저도 뱃속에서
함께 꾸었는걸요.

어머니

애야.
난 네가 그날
내 몸속에서 지르는 비명을
똑똑히 들었단다.

아들

전 무서워서
그 살모사 앞에서
한마디도 거들지 못했어요.

어머니

난 기억한단다.
넌 내 뱃속에서
하루에 두 번 하품을 했고,
세 번 오줌을 누었고,
밤이면
우는 연습을
새벽이 올 때까지

십 초! 간격으로 했지.

아들
사실 너무
오래되어서
기억이 잘 나지 않아요.

어머니
맞아.
그곳은 어둡고 캄캄했을 거야.
나도 이제 그곳에 있을 때가
기억이 안 나니까.
하지만 어두운 뱃속보단
바깥세상이 더 낫지.

넌 내 뱃속에 있을 때
작은 주먹으로
밖을 끊임없이 두드리곤 했단다.
이 어미가 창피해서
숲을 나돌아다니지
못할 정도였으니까.

        (침묵)

그래도 네 아버진
내 뱃속에

새가 날아다닌다며
좋아하셨지.

아들, 갑자기 시무룩해진다.
집안에 있는 박제를 둘러보며,

아들
지금도
죽은 짐승들을 주워오세요?

어머니
그럼 오죽 좋겠니?
씨가 말랐는지
코빼기도 보이지 않아.

차에 치이거나
덫에 걸려 죽은 짐승조차
보기 힘들어.

똥구멍이 다
말라붙을 지경이야.

이렇게 배고픔을
느끼고 사느니
박제가 되는 편이 낫겠다.

아들

맞아요.
차라리 저도 박제가 될 걸 그랬어요.

어머니

(한심한 듯 바라보며)

박제는
밖에 내다가
팔 수라도 있지.

(아들을 흘깃 보며)

끼니는 때우고 다니냐?

아들, 고개를 좌우로 흔든다.

아들

어머니
눈알들이
노려보는 것 같아요.

어머니

난 박제를 할 때
가장 먼저 눈알을 도려내.

아주 불쾌하거든.
그건 네놈 눈알을
볼 때마다
내가 생각하는 것들이기도 하지.

아들
썩지 않나요?

어머니
방부 처리를 확실히 하니까.

아들
내장을
한 점도 안 남기고
파낸 후
솜을 넣었군요.

어머니
(웃으며)

아마 살아 있을 때보다
속이 더 따뜻하고
푹신할 거야.

어머니, 일어나 박제를 냉장고에 넣는다. 수돗물을 한 컵 받아가지고 온다.

아들

썩고 있어요.

어머니

박제는 썩지 않아.
절대로.

아들

울지를 않는군요.

어머니

박제가 운다면
얼마나
끔찍하겠니?

아들

맞아요.
박제가 될
운명을 벗어날 수는 없어요.
제 팔은
아직 박제가 안 됐겠죠?
어디 있죠?

어머니

또
네 팔 이야기를 하려는 모양이지.
네 팔은 여기 없어.

아들

제 팔은 여기 있어요.

어머니

미친 녀석.
2년 만에 돌아와
한다는 소리가
고작 그것이냐?

내 안에
널 하나도
닮지 않는 여자가
널 신고할지도 몰라.

아들

제 두 팔을
찾으러 왔어요.

어머니

팔 이야길랑
그만하거라.
그딴 건
여기 없어.

아들

팔은 여기 있어요.
여기.

어머니, 물컵의 물을 아들 얼굴에 확 붓는다.

어머니
그만하라니까!

아들
잘 들어보세요.
소리가 들려요.
들리세요?

어머니
부탁이다.
제발 그만해!

"찍찍. 찍찍. 찍찍."

어머니
으악! 쥐다.
사방에
쥐가 득실거려.
어찌나
번식력이 좋은지,
덫을 놓아야겠어.
난 쥐가 싫어. 쥐가 싫어.

어머니, 쥐덫을 사방에 설치한다.

아들, 불안하게 사방을 돌아다닌다.

(사이)

어머니
그동안
머리털이 많이 자랐구나.
이리 와서
앉아보거라.

　　　　　아들
　　　　　싫어요.
　　　　　자연에
　　　　　순응하려면
　　　　　본연의 보호색이 필요해요.

어머니
이리와 앉아.
어서!

　　　　　아들, 흔들의자에 가서 털썩 앉는다.

어머니, 가위를 들고 머리털을 자르며,

실수로 아들의 귀를 자른다.

아들
(이빨을 드러내며)

크앙—

어머니
넌 아직 젊고
야성이 남아 있으니까
어디서든
널 표현할 때
날카로운 송곳니를
보여드리거라.
하지만
그게 주인을
물 수도 있다는 뜻으로
보여서는 안 돼.
고분고분하는 게 좋아.
누구든
배신은 쉽게
용서하기 어렵거든.

널 받아들인다는 건
그래, 그래,
꽤나
실.험.적.일 수 있을 거야.

아들
싫어. 안 해!

어머니
그래?

또 반대쪽 귀에 상처를 낸다.

아들
크앙—

어머니
미안하구나.
귀가 걸리적거려서 그래.
이놈의 귀만 없으면
이발은 정말 쉬울 텐데.

아들
어머니!

어머니
알았다.
조심하마.

어머니 조심스럽게 가위질한다.

이번엔
어떤 여자를 만났길래
이렇게 오래 걸린 거냐?

아들
앞이 안 보이는 여자였어요.

어머니
장님이란 말이야?

아들
예.
그 여자 앞에서
전 바지를 내렸어요.
그러곤 제 물건을
만져보라고 했어요.

어머니, 가위질로 무언가를 자르는 흉내를 내며 미소.

어머니
설마
그 여자에게
줘버린 건 아니지?

아들
아니요.

주지 않았어요.

어머니
다행이야.
어렵게 보관한 건데
길거리 여자에게 주려거든
차라리 나한테 다오.

       (사이)

그래……
여자는 어떤 여자니?
앞이 안 보이는 것 정도야
별로 큰 문제가 아니야.
입은
맞추어봤니?

                아들
                누군가의 입안에
                혀를 넣어본 건
                처음이었어요.

어머니
(웃으며)

난 아냐.

아들
그 여자의 고향으로
인사를 드리러 갔었어요.
그런데
가족이 전부
앞을 못 보더군요.

어머니
저런!
잘생긴 네 얼굴을
아무도 못 봤겠네.
하긴 네 모습을 봤다면
기절을 했을지도 모르지.

아들
티브이를 보고 계시다가
제가 나타나니까
벽을 더듬으면서
제가 있는 쪽으로
다가오더군요.

어머니
그래?

아들
제 얼굴을 돌아가면서
한참 동안 만지작만지작하셨어요.
아랫목을 내어주며
편하게 앉으라고 했어요.
그러곤

두 손을 내밀고
제게
악수를 청하셨죠.

어머니

친절하기도 하지.
손을 뜨겁게 잡고
험난한 인생을
헤쳐나가는 법을
들려주셨을 거야.

아들

어머니!
저는 한 번도
악수를 해본 적이 없어요.

어머니

맞아!
너는 악수를 해본 적이 없지.
그렇다고
예의를 못 갖춘단 법은 없는 거야.
그래서 어떻게 했니?

아들

(의자에 앉은 채 두 다리를 들며)

두 발을 들어
그분들 손 위에
공손히 올려드렸죠.

어머니
(두 발을 손에 받으며)

잘했구나.
발이나 손이나
우리에겐 그게 그거지.

아들
제 발을
바닥에 슬며시
내려놓은 후,
손을 한번
꼭 잡아주고 싶다고
하시더군요.

어머니
맞아.
화목한 가정은
서로 손을 자주
잡아준다고 하더구나.

아들
(발을 들어올리며)

네. 저도 그렇게 들었어요.
그래서
이번에도 두 발을 들어
손바닥에
공손히 올려드렸죠.

어머니

(두 발을 손에 받으며)

공손히?

　　　아들
　　　네.
　　　헤어지라고 하시더군요.
　　　지금 당장
　　　자기 집안에서
　　　꺼지라고 하셨어요.

어머니

꺼지라니?
그게 무슨 소리냐?
처음 본 너한테
그런 대접을 했다구?

　　　아들
　　　자기 딸은
　　　눈물을
　　　닦아줄 수 있는
　　　남자가
　　　필요하다고 하더군요.

어머니

불량한 것들.
그래서 뭐라고 했니?

아들
이미
두 발로 충분히
닦아주고 있다고 했죠.

어머니
필요하다면
지금 당장이라도
보여줄 수
있다고 했어야지.

아들
아!
그건 생각 못했어요.
역시 저는
어머니를 따라가기엔
아직 멀었어요.

어머니
멍청한 것.
그래 이번에도
퇴짜를 맞은 게냐?

아들
둘이 살면서
세상이 힘들 땐
어떻게 견딜 거냐고
묻더군요.

어머니

천천히 생각해보고
메일이나 편지로
답장한다고
했어야 했다.

아들
지금 당장
말해보라고 했어요.

어머니
씩씩하게
대답했어야 했다.

아들
제가 눈물이
나올 땐
눈물을
흘리고 있지 않다고
말해주겠습니다.
그녀가 눈물을
흘리고 있으면
눈물이
보이지 않는다고
말해주겠습니다.
이렇게 말했죠.

어머니
훌륭하다만
널 사위로 받아들였으면
그분들은 아마

눈을 못 감고
죽었을 거야.

(사이)

어머니
그래, 결국 헤어진 거냐?
두 팔이 없다는 이유 때문에?

아들
그런 셈이죠.

어머니
매사를 그렇게 쉽게
포기하면 어떡해?
끝까지 그분들 발을 붙잡고서라도
사정했어야지.

아들
어머니,
저는 그런 건 어머니한테
배운 적이 없어요.

어머니
융통성이 있어야지.
다음부턴 필요하다면
발이 손이 되도록 빌거라.
그렇게 약해빠져서

어디 국물이라도 얻어먹겠니?

아들
다음부턴 국물을
얻어먹지 못하더라도
눈물을 흘리지 않는 여자를
만나는 편이 낫겠어요.

어머니
눈물을 흘리지 않는 여자는 없어.

아들
그럼 스스로 눈물을
닦을 줄 아는
여자를 만나겠어요.

어머니
그런 여자는
너 같은 병신을
좋아하지 않을 거다.

아들
병신? 그래요, 어머니.
하지만 제가 그 집을
나오기 전 발톱을 들자
모두 눈물을 흘리셨어요.

어머니, 수도꼭지로 물 한 잔을 다시 받은 후, 티브이 리모컨을 찾아 누르며

어머니
티브이 연속극을 보았기 때문이야.
가족이 밖에 모여앉아
눈물을 흘리는 경우는.

아들
겁을 먹고 벽 구석으로
모여들었어요.
구더기들처럼요.

어머니
네 목소리가 어땠니?

아들
저야 계속 으르렁거리고 있었죠.

어머니
(리모컨을 던지며)

얘야 날 안아다오.

어머니, 아들을 와락 안는다.

어머니
꽉.

아들
갑자기 왜 그러세요? 어머니!

어머니
(웃으며)

그래 그분들 눈물은
닦아드리고 나왔겠지?

아들
당연하죠.
다들 한쪽으로 앉으시라고 한 뒤에
두 발로 닦아드렸지요.

어머니
장하구나, 내 아들.
널 못 보았다고 하더라도
확실히 죽였어야 했다. 잘 처리했지?

아들
아직도 이빨에 피가 묻어 있나요?

어머니
아~ 해보거라.

아들, 입을 벌려준다.

아들
아~

어머니
세번째 송곳니에
살점이 조금 붙어 있네. 나머진 어떻게 했어?

아들
동네 개들에게
던져줬어요.

어머니
장하다. 내 아들.

아들을 끌어안고 포옹한다.

아들, 갑자기 시무룩해진다.

어머니
왜 그러니? 얘야.

아들
아니에요.
돌아다니면서
날것만 먹었더니
머리가 아파서 그래요.

어머니
(물을 먹여주며)

물로 입을 좀 헹구거라.

아들, 입을 헹군다.

아들, 발랑 바닥에 눕는다.

어머니, 냉동고에서 돈뭉치를 꺼내 바닥에 숨기며
물을 꺼내 한 잔 더 아들에게 먹여준다.

잠시 후 아들 눈치를 슬슬 보기 시작한다.

어머니
애야.
너도 이제 그만 쏘다니고
집안일을 좀
거들 때가 되었잖니?

아들
제 꼴을 좀 보세요.
이 꼴로 무슨 일을 하겠어요.

어머니
네 꼴이 어떻다고 그러니?
겨우 팔 두 개가 없을 뿐
그것만 빼면
넌 정상이야.
괜히 기죽어다니지 말거라.
세상에 입으로 할 만한
일은 많아.

아들
전 사기꾼이 될 수 없어요.
지난번처럼 금방 들통날 거예요.

어머니, 공구통에서 망치를 가져오며

어머니
연습이 부족해서 그래.
지난번처럼 연습하다가
도망가지만 않으면 돼.
연습하면 돼.
팔이 없으면
입이라도 살아 있어야지.

아들
어머니……

어머니

응.

아들

전 이제 아무 일도 하지 않겠어요.

어머니

그게 무슨 소리냐?

벼락 맞는 줄 알았다.

이 어미를 굶겨 죽일 생각이야?

자해공갈단은 그렇게 나쁜 일이 아니야.

너 같은 병신들을 차로 치면

사람들은 동정을 더 베푸는 법이야.

넌 차에 받히고 나서

고통스러워하고

나중에 흥정을 하면 돼.

병원에 누워서

발가락으로

돈을 셀 수 있을 거야.

아들, 바위 위에 발가락을 올린다.

망치로 내리치려는 차에 슬며시 발을 뺀다.

아들

잠깐!

어머니
왜?

아들
정말, 발가락으로 돈을 셀 수 있을까요?

어머니
돈에 침만 바르면
쉬운 일이야.

아들, 바위 위에 발가락을 올린다.

망치로 내리치려는 차에 슬며시 발을 빼는 아들.

망치를 던지는 어머니.

아들
지난번에 돈은
충분히 받아냈잖아요.

어머니
그건 2년 전에 다 썼단다.

아들
서커스단에서
공을 입으로 굴리고
보내드린 돈은요?

어머니
그건 너하고
서커스단 구경하느라고
다 썼지.

아들
공장에서
알전구를 입으로 날라서
보내드린 돈은요?

어머니
그건 집안의 전구들을
갈아끼우는 데 썼지.

아들
어머니
두 팔 없이
할 수 있는 일은
그렇게 많지가 않아요.

어머니
말하는 게
젊었을 적 네 아비하고
똑같구나,
똑같아.
여자 똥구멍이나 쫓아다니고
평생 빌어먹을 팔자야.

아들
저한테 아버지가 있나요?

어머니
아버지 없는 사람은 없어.
저기 산속에서
어슬렁거리고 있는 분이
네 아버지야.

아들
(창밖을 바라보며)

어디에요?

어머니
아버지는
항상 숲속을 어슬렁거려.

아들
아버지는 몽상가인가요?

어머니
네 아버지는 시인이다. 몰랐니?

아들
어머니,
전 아버지를
한 번도 본 적이 없어요.

어머니
밤이 되면 언덕에 올라
똥구멍을 쳐들고
목을 빼놓고

울고 계실 거다.

아들

유령처럼요?

어머니

이 세상이 그리워서
우는 것들이
유령이라면
그럴지도 모르지.

아들, 창밖을 내다보다가 길게 운다.

어머니

뭐하는 짓이냐? 당장 그만두지 못해!
짐승이 집안에서 처울다니?
남세스럽게. 쪽팔리잖아!

아들

(낄낄거리며)

아버지도
어머니 똥구멍을
킁킁거렸나요?

어머니
(미소)

네 아버지도
내 똥구멍을 킁킁거렸지.

아들
아버지가 그랬다니
믿어지지 않아요.

어머니
우린 외롭다는 표시로
서로 똥구멍을 벌려
보여주었다.

아들
어머니
웃음이 나와서
참을 수가 없어요.

어머니
열아홉에 집을 나와
갈 곳이 없어서
숲속에서 잠을 자고 있었어.
네 애비가 다가와
내 항문에 대고
코를 벌렁거리더구나.
그러곤
내 귀에 대고
이렇게 속삭였다.

아들
히히 뭐라고요?

어머니
같이…… 살자……

아들
속아넘어간 거군요.

어머니
네 아버지는 외로워 보였다.
밤마다 찾아와
내 똥구멍을
자꾸 핥았거든.

아들
짐승!

어머니
원래 짐승들은
외로우면
서로 똥구멍을
보여주는 거야.

아들
그 정도는
저도 이제
똥 누면서도
깨달을 수 있어요.

어머니
네가 밖으로 돌더니
이제 똥구멍으로
숨쉬는 법을 좀 배웠구나.

아들
그러곤 어떻게 됐어요?

어머니
우리는 결국
같은 곳에 똥을 누게 되었지.
같이 산다는 건
같은 곳에
똥 누자는 거야.
그리고 너와 누이들을
여기까지 물어다나르느라
꼬박 30년 동안
우리는 열심히 침을 흘렸지.

(사이)

어머니
그사이
네 아버진
우릴 먹여 살리느라
육포 공장에서 발가락이
아홉 개나
잘려나갔단다.

아들
1년에 하나씩!

어머니
응, 가끔은 6개월에 한 개씩이 되기도 했지.

아들
어머니 아이디어였죠!
재해보상금을 노리고
아버지가 스스로 기계에 발을
넣으시도록
전략을 짜신 거죠.
그건 지금 생각해도
근사한 계획이었어요.

어머니, 엉덩이를 흔들며 좋아한다.

어머니
맞아.
그렇게 하지 않았으면
우린 모두
굶어 죽었을 거야.

아들
어머니,
그런데 전 어쩌죠?

두 팔 없이
태어났으니
가족에 보탬도
못 될 것 같아요.

어머니
잘 생각해보면
네가 할 수 있는 일이
분명 있을 거야.

아들
음모를
생각해봐야겠군요.

어머니
그래, 음모!
하지만 얘야,
네 음모로
네가 죽을 수도 있는 게
삶이야.

아들
무슨 말이죠?

어머니
네 아버지가
떠나기 전
어금니 하나와 함께 남기고 간
쪽지에 적혀 있었어.

아들

아버지가요?

어머니

그래.
네 아버진
알 수 없는 말들만 남기고
집을 떠나버렸지.

아들

왜죠?

어머니

먹고살기도 벅찬 판에
한집에 병신을
둘씩이나 둘 순 없지 않니?

아들

(자기 팔을 바라본다.)

......

어머니

......

아들

그러게 절 왜 유괴했어요?

어머니

유괴라니?
못하는 소리가 없구나.

제 자식을 유괴하는
어미가 어디 있니?

> 아들
>
> 전 유괴당한 거예요.
> 어머니가
> 이 세상으로 절 유괴했어요.
> 차라리
> 뱃속에 있을 때가
> 더 좋았어.

어머니
(화를 버럭 내며)

난 그런 적 없다니까.
그리고 널 안 낳았으면
넌 그냥
내 피가 되었을 거야.
오줌과 함께
다리로 질질
흘러나와서
버려졌겠지.

> 아들
>
> 어머니 다리로 흘러나와
> 시궁창으로 흘러갔겠지.
> 그것도 좋은 여행이었을 텐데⋯⋯

　　　(사이)

난 쓰레기나 오물이 될 수 있었어.
하지만 어차피
병신으로 나왔잖아.

(자신의 몸을 보면서)

이렇게요.

어머니
차라리
날 죽여달라고
낳자마자
말을 하지 그랬니?
먹고살기 힘든 판국에
낳아줬더니
이제 와서
한다는 소리하고는.
너처럼 배은망덕한 놈하곤
더이상
통화하고 싶지 않아!

아들
어머니!
전 어머니 앞에서
대화를 하고 있는 거예요!

어머니
미안. 미안.
난 갈수록 정신이 없구나.
누군가와 대화를 나누어본 게

몇 년 만이라서 그래.
이게 다 없이 살아서 그래.
천해진 거지.

> 아들
>
> 제 연봉에서 까세요!

어머니

네가 연봉이 어딨어? 취업도 한번 못해본 게.

> 아들
>
> 아. 미안. 미안. 몇 년 만에
> 사람 노릇 하다보니 정신이 없어요.

어머니

조심해, 이것아!
짐승이 인간에게 걸어가면 결국엔 피를 보는 법이야!

> 아들
>
> (천천히 걸어가 냉장고를 발로 쿵 차며)
>
>
> 젠장! 인간이 짐승 속으로 들어가면 덫을 몰라보듯이.

어머니, 다가가 아들 뺨을 가볍게 철썩 때린다.

어머니

(웃으며)

아들…… 정신 차려!

(사이)

어머니, 붉은 다라이를 끌고 와서 자기 머리칼을 자르고 털을 뽑고 면도를 하기 시작한다.

아들
털갈이?

어머니
응. 자주 해줘야 자연에 가까워지지. 몸을 숨기기도 좋구.

아들
아버지 어금니는 어딨죠?

어머니
전당포.

아들
그것들도 해먹었군요.

(사이)

아들

쿵쿵. 이게 무슨 냄새죠?

어머니

네 여동생들이 무서워서
바닥에 오줌을 쌌나보다.

아들

(코를 막으며)

오줌 냄새가
지독하군요,
벌벌 떨던 그 장님들처럼.

어머니

네가 깨물어 죽인
그 사람들을 말하는 거니?
그 시체들을 찾는 데
사람들은 결코
오래 걸리지 않을 거야.
군인들이나 경찰관들이
구더기처럼 몰려들 거라구.
넌 경찰관을 무서워하지?

아들

총을 가졌으니까요.

어머니

네 이빨 자국이 있는 것들을
저기 '중앙'에 보내면

넌 종신형이야.
총을 든 사람들이
널 쇠창살 안에 넣고
감시할 거야.
그러니
날 돕는 게 좋을 거다.

아들
싫어요.

어머니
총이다.
탕. 탕. 탕.

아들
제발. 그 소린 그만.
어머니, 전 총이 싫어요. 전 총소리가 싫어요.
총소리가 들리면 전 제정신을 차릴 수가 없어요.

무대 뒤로 그림자극 :
새가 날다 총소리 울리면 허공으로 추락한다.
짐승이 뛰다 총소리 울리면 맥없이 쓰러진다.
난무하는 총소리.

알았어요. 어머닌 늘 저를 빠져나가지 못하게 하는군요.
전 어머니를 따라가려면 아직 멀었어요.

어머니
세상의 어떤 밤에도
총소리가
완전히 사라진 적은 없었어.

아들
울음소리도요.

철장—새장— 안에 새끼들이 낑낑거린다.
어머니, 다가가 새끼들을 보살핀다.

어머니
이리 와서 인사해라.

아들
됐어요.
또 얼마 못 받고
입양시킬 거잖아요.

어머니
마을에 나가 제값 받고 분양할 거야!
이번엔 다르다.
이것 봐라.
눈동자에 벌써
살이 오르고 있잖니.
입양될 즈음엔
살이 토실토실할 거다.

어머니, 다가가서 늑대 인형을 하나씩 들고 혀로 핥아준다.

        아들
        집안에 먹을 것도 없는데
        왜 자꾸 새끼들은
        낳으세요?

어머니
난 이제 힘이 없어.
먹이를 스스로 구할 수 없어.
이 녀석들이
날 먹여 살려줄 거야.
그러지 말고 이리 와서
떠나기 전
손이라도 한번 잡아줘.

        아들
        재롱을 피우다가 실수라도 하면
        금방 죽일 거예요.
        난 반려동물 따위는 절대 되지 않겠어!

어머니
(인형들 귀를 막으며)

동생들이 듣겠다.
계속 그렇게 지껄이면
귀싸대기를 날려주겠어.

아들

이차피 전 누이들 손을 잡아줄 수도 없잖아요.

어머니

넌 너무 비관적인 게 문제야.
네 아버지가
싸질러놓고 간
우주를
하나도 안 닮았어.

아들

우주라니요?

어머니

내 우주에 들어오면 위험하다.
이렇게 아버지가 말씀하셨다.

아들

그건 무슨 말이죠?

어머니

나도 잘 몰라.
나한텐 지구에 사는 일도
너무 어려워.

아들

아버지는 언제 오시나요?

어머니

네 애비는 오지 않아.

거리에서 유괴당했으니까.

　　　　　아들
　　　　　어머니, 유괴는
　　　　　아이만 당하는 거예요.
　　　　　아버질 누가 유괴했죠?

어머니
나도 몰라.
하지만 아버지보다
더 크고 강한
우주가 했을 거야.

　　　　　아들
　　　　　어머니,
　　　　　제 우주도 밤마다 끙끙 앓고 있어요.

어머니
그 생각이 방금
든 거라면
금방 사라질 거야.

　　　　　아들
　　　　　세상의 모든 장례식보다 오래됐어요.

어머니
그 아들에 그 애비구나.
무슨 소리인지
통 모르겠는 말만 하는 걸 보니.
그보다 얘야,

너도 뭘 좀 먹어야 하지 않겠니?
그래야 일도 도울 수 있지.
그사이
아들 얼굴이 반쪽이 됐구나.

어머니, 새끼들 내려놓는다.

아들
젖이나 좀 주세요.

어머니
이리 오거라.

아들
(젖을 먹다가 갑자기)

쉿!

멀리서 사냥개들 짖는 소리.

어머니
뒤를 밟혔구나. 이를 어째.

어머니, 새끼들을 우리에 집어넣고 귀를 쫑긋한다.

　　　사냥개들 짖는 소리 점점 커진다.

　　　　　　　아들
　　　　　　　젠장!
　　　　　　　사냥꾼들이 냄새를 맡았나봐요.
　　　　　　　가봐야겠어요.

어머니
위험해!
바깥세상은 개새끼들투성이야.
서로 물어뜯다가 죽는다구.
난 나가지 않겠어.

　　　　　　　아들
　　　　　　　쉿!
　　　　　　　조용히 좀 하세요.

어머니
싫어. 싫어.
난 개가 싫어.
난 쥐가 싫어.

　　　사냥개들 짖는 소리 점점 커진다.

　　(암전)

2막

늑대 울음소리.

어두운 그림자, 어머니에게 돈을 던져준다.

앉은 채 바지를 챙겨 입고 밖으로 사라진다.

어머니, 바닥에 바지를 반쯤 내린 채

가랑이를 벌리고 앉아 콧노래를 부르며 돈을 센다.

아들, 입에 커다란 늑대를 물고 등장.

어머니

만 원, 이만 원, 삼만 원,

(아들을 보며)

아니, 애야!

아들
(물고 있던 커다란 늑대를 바닥에 툭 내려놓고 퉁명스럽게)

네, 엄마.

어머니

아니, 애야?

네가 집에 웬일이냐?

아들, 죽은 늑대를 발로 툭툭 밀어 차면서 흔들의자에 가서 앉는다.

냉동고를 연다. 새끼 늑대 머리통이 들어 있다.

아들, 냉동고에 머리를 박고 냄새를 맡는 듯 쿵쿵거린다.

구석에 삐져나온 웃고 있는 돼지 머리통 하나가

바닥으로 쿵 떨어진다.

일어나 돼지 머리통을 물어 냉동고에 쑤셔박는다.

아들

제기랄

어쩌다보니 또 오게 됐네요.

어머니

그래도 전화 한 통 없이

들이닥치면 어떡하니.

전화라도 미리 해주었다면

문을 잠가두었을 텐데 그랬구나.

아들

바지나 좀 올리세요.

어머니, 바지를 추켜올린다.

어머니

쉿!

아들

왜?

어머니

조용히 해!
저번처럼 너 때문에
또 이곳이
들통날지 모르잖아.

아들

놈들 손에 쉽게
잡히진 않을 거예요.
지금까지도 그랬으니까.

어머니

(밖을 살피며)

집 근처 전봇대에
오줌을 누고
온 건 아니겠지?
사냥꾼들은 금방
오줌 냄새를 맡고
찾아온단 말이야.

아들

전 아무데서나
바지를 내리진 않아요.
어머니처럼.

어머니

날 조롱하는 거니?
난 남들보다
바지를 좀 자주 내리는 것뿐이야.
너처럼 아무데서나
바지를 내리는 것과는 달라.

아들
오늘은 못 쫓아올 거예요.
한 번도 울지 않았으니까.

어머니
다행이구나. 그런데 이건 뭐니?

아들
뭐긴요. 돈이 될 거예요. 냉장고에 넣어두세요.

어머니
돈이라니? 그게 무슨 소리냐?
박제를 만들어 팔라는 거냐?

아들
난 시키는 대로 했어.
어머니가 소개해준
그곳에서 말이에요.

어머니
오리 사냥터 말이냐?

아들
응. 이번엔

정말 열심히 일했다고.
주인이 사냥총으로
오리를 쏘아 떨어뜨리면
개처럼 달려가서 물고는
주인 발 앞에 바쳤지.
이 지구상에
총소리를 멈추기 위해서
난 정말 열심히 일했다고.

어머니
정말 개처럼 굴어주었구나.
주인이 좋아했겠어.
그래, 포상 휴가를 받은 거니?

아들
도망 온 거야.

어머니
또 주인을 개처럼 문 건 아니겠지.

아들
주인은 늘 늦다고 혼을 냈어.
불량, 불량이라면서.
어떤 날은
날 창고에 가두어두고
물 한 방울도 주지 않았다고.

어머니
주인이 목덜미와 등을
쓰다듬어준다고 했잖아?

아들

목덜미를 잡고
창고에 던져넣었어.

어머니

멍청아! 그러게 내가 반려동물이 되랬지?
날짐승처럼 배신하면 어떡해?

아들

난 배신하지 않았어.
적응을 못한 거지.
난 불량이야.

어머니

저런 불량한 것들.
그놈들이 세상 물정을
아직 몰라서 그래.
그래서 도망 온 거야?

아들

난 우리가 싫어.

어머니

나도 우리가 끔찍해.

아들

응.
난 창고에 갇혀
제대로 잠을
잘 수가 없었어.

매일 밤 어딘가에서 들려오는
이빨 부딪히는 소리에
깨어나곤 했지.
깨어나보면
그건 내가 이를 가는 소리였어.

어머니

누구나
자기 이 가는 소리에
한 번씩 잠이 깨곤 하는 거야.
네가 없는 동안
이 어미도 고생이 많았다.
동생들도 다 굶어 죽었단다.
젖이 나오질 않아 못 먹였어.

아들

이상한 어른들에게
젖을 먹이니까 그렇지.

어머니

쪽팔리다. 그만해.
살려고 하는 짓이야.

아들
(주위를 둘러본 후)

가짜 모유를 만들어 내다팔아 보는 게 어때요?
박제보단 낫겠는데……
요즘 누가 박제를 원하나요?
다들 살아 있는 걸 원하는데.

어머니
———
흥미없다.

아들
———
애를 낳아 입양시켜 파는 것보다
많이 받을 거예요.

어머니
———
정말?
모유를 어떻게 만들지?

아들
———
밖에 좀 나가보세요.
핵전쟁으로
부모 잃은 것들이
거리에 깔려 있어요.
죽은 어미를
애타게 찾는 어린것들
입안에 모유가
가득차 있어요.
잿더미 가득한 하늘을 보고 있죠.
애들이 죽어갈 때 즈음,
고것들 입을
손가락으로 벌려
숟가락으로 퍼 오면 돼요.

어머니
———
눈물이 날 지경이네.
근데 왜
아이들 입속에 있는 그게 가짜 모유야?

아들

모유가 반, 눈물이 반이니까.

어머니

마진도 안 남겠다.
안 할래.

아들

어머니.
방사능 때문에
이제 아이를 더
낳을 수도 없을 거예요.
안 본 사이에
엉덩이가
완전히 꺼졌잖아요.

어머니

금방
다시 탱탱해질 거야.
난 희망을 알았으니까.

아들

희망?

어머니

그래, 희망. 희망이란 말이야,
사람들이
두 손을 가득 벌리고 바라는 거야.
잠들기 전
생각하면 입가에 미소가 번져오는 거야.

아들
어려워.

어머니
넌 어려서 희망을 알 나이가
아직 아니야.
더 살아보면 알 거야.
희망은 나이가 들수록
좋아지는 거야.

아들
돈 같은 거군.

어머니
지랄!
넌 어떻게 네 아빌 하나도 안 닮았니?
네 아비는 시인이었어.
돈 따위엔 관심도 없었지.

네 나이에 아버진
나를 매일같이 울렸단다.
원래 이상이 큰 분은
곁에 있는 사람을
잘 울리는 거야.

(웃음)

난 이제야 그걸 깨달았지……
난 매일 울면서
네 아비를 졸졸 따라다녔다.

아들
왜죠?

어머니
난 이상을 가진 사람이
필요했으니까.

아들
난 아무도
울리지 않겠어요.

어머니
이상을 포기하겠다는
소리처럼 들리는구나.

아들
난 아버지 나이에
무엇을 해야 하죠?

어머니
여자를 울려야지.

아들
난 나와 같은 울음소리를
가진 여자를 만나고 싶어.

어머니
미친놈.
그건 이상적이지 못해.
정신 차려.

이 험한 세상에서
어떻게 언덕에 올라 목을 빼고
울고만 살려고 하니, 응?
사고를 바꿔.
생각을 바꾸어야 세상이 혁신이 되지.
울음소리 같은 건
죽으면
육신과 함께
사라지는 거야.

어머니, 냄비에 물을 끓이고 냉장고에서 꺼낸 살점을 던져넣는다.

아들
(바닥에 침을 한 번 뱉은 후 발로 문지르며)

어머니, 전 늘
제 피 곁을
어슬렁거리고 있어요.

어머니
못 들었어. 다시 말해봐.

아들
제 피를
저는 어슬렁거리고 있다구요!

어머니
나와 함께 있고 싶다는 말을
왜 어렵게 해?

아들
미안.
대화를 해본지 너무 오래되었어요.

어머니, 국물을 한 국자 떠먹으며 간을 본다.
아들에게도 간을 보이고 국물을 준다.

아들
(어머니를 보며)
너무 오래
가만히 두었더니
맛이 갔군.

어머니
(약간 멈칫하며)

또 또 이상한 소리.
누가 그런 소리를 지껄이더냐.
바깥으로만 너무 쏘다니더니
이상한 것에
귀만 적시고 다니는구나.
그래, 네가 왔으니

걱정이 조금 덜하구나.
어떻게 먹고살아야 할지 막막했다.

아들
어머니, 걱정하지 마세요.

(바닥의 늑대를 툭 차며)

일단은 우리에게 이게 있으니까.
며칠 전부터
주인이 벼르고 있던 놈이었죠.
위협을 주려고
총을 쏘았는데도 가지 않았어요.
내가 갇혀 있는 창고 근처에 와서
밤마다 어슬렁거리더군요.
주인은 이놈을 잡겠다며
창고에서 날 꺼내
미끼로 삼았지.
배가 고프면
나 같은 어린것도 잡아먹을 거라며
내 목덜미를 끌고
사냥을 나갔어.

어머니, 다가와서 늑대를 힐끗 바라본다.

어머니

그래서 주인이 아끼던
고놈을 훔쳐온 거구나.
박제를 해서 내다팔면
큰돈을 벌 수 있겠다!

아들

내장은 제가
솜으로 채울게요.
아마 살아 있을 때보다
속이 더 따뜻하고
푹신할 거야.

어머니

그전에 배가 고프니
신선한 내장을 좀 먹자꾸나.

아들

(침을 흘리며)

썩기 전에.

어머니

실컷 먹자.

어머니, 식칼을 든다.

아들

달려갔을 때
총에 맞고도
숨이 조금 남아 있었어.
그래서 어머니가 가르쳐준 대로
목을 물어서
숨을 끊어놓았지.
주인에게 잘 보일 수 있는
마지막 기회였으니까.
눈을 보지 않았어.
어머니가 가르쳐준 대로 하니까
금방 끝났어.

어머니

맞아.
숨통을 확실히 끊어놓아야
움직이지 못하지.

어머니, 다가와서 배를 가르려고 식칼을 들고 늑대를 뒤집는다. 힐끗 한 번 본다.

어머니

애야.

아들

네.

어머니
근데 박제를 하기에
욕창이 너무 심하구나.
배를 한번 뒤집어보거라.

아들
배는 왜?

어머니
많이 본 듯한
똥구멍이구나.

아들, 의자에 앉은 채 발로 늑대 배를 뒤집는다.

어머니, 늑대를 보고 놀라 뒤로 자빠진다.

아들
왜 그래?

어머니
얘야! 이럴 수가.

아들
무슨 일이야?

어머니
아니……

아들
왜?

어머니
얘야. 이건 네 아버지란다.

아들
그럴 리가요?
어머니,
전 아버지를 한 번도
본 적이 없어요.

어머니
네 앞에 있는 게
바로 네 아버지야.

아들
아버진
항상 숲속을
어슬렁거린다고 했잖아.

어머니
그게 바로
네가 죽인 아버지야.

아들
아버진

똥구멍을 벌렁거리며
어머니에게 오신다고 했잖아.

어머니
그게 바로
네가 죽인 아버지야.

아들
어머니,
전 아버지를 한 번도
죽여본 적이 없어요.

어머니
그건 나도 마찬가지야.
누가 아버지를 죽여봤겠니?
그래, 아버지를
죽인 기분이 어떠냐?

아들, 어리둥절해한다.

아들
어머니, 큰일났어요.
제가 아버지를 죽였어요.
경찰에 절 신고해야겠어요.

어머니
이 어미를 굶겨 죽일 생각이냐?
사람이 죽으라는 법은 없단다.
서두르지 말고
방법을 생각해보자꾸나.

이때 문을 열고 갑자기 여자 등장.

여자
쌍!
추워서 더이상
못 기다리겠어요.
입을 벌리고
언제까지 밖에서
쭈그려앉아 있어야 하죠?
날 굶겨 죽일 생각이에요?
몇 분 후엔
따뜻하게 안아준다고
해놓고선.

여자, 방으로 들어와서 냉장고 문을 연다.

냉동고는 박제된 머리통.

냉장고 안에는 먹을 것이 가득하다.

어머니에게 눈을 흘기며 문을 쿵 닫는다.

어머니

너도 그리 들어가고 싶니? 저 여잔 누구냐?

　　　아들

　　　제가 같이 살자고 한 여자예요.
　　　우린 하수구에서 만났어요.
　　　제가 외롭다고 하니까
　　　가랑이를 벌려주더군요.

　　　　　여자

　　　　　외로우면
　　　　　내 안에 들어와.
　　　　　이 안에
　　　　　세상에서 가장 깊은
　　　　　허공이 있어.

어머니

천한 놈.
가랑이는 늪이야.

　　　아들

　　　외로울 땐
　　　가장 따뜻한 늪이죠.

어머니

한다는 소리하고는.
불쌍한 것.

길에서 덫에 걸려
죽은 짐승보다
못한 놈.

아들, 여자와 포옹한다.

아들
어머니께 인사드려.

여자
안녕하세요, 어머니.

어머니
쥐새끼 같은 년.
애야! 집안에 쥐냄새가 나는구나.
쥐덫을 쳐야겠어.

어머니, 여자 주위로 쥐덫을 놓기 시작한다.

여자
쌍년.

아들
그만하세요, 어머니.

어머니
집안이 온통
쥐냄새 천지로구나.
쥐냄새 천지야.
배가 침몰할 것 같으면
쥐도 다 빠져나간다는데⋯⋯
어디로 들어온 거야?

여자
(쥐덫을 밟는다.)

아얏!

어머니
잡았다!

아들
제발 그만하세요.

여자
쌍.

아들, 세숫대야에 물을 담아와 혀로 여자 발을 씻어준다.

어머니

그래?
어디서 같이 산다는 말이냐?

아들

여기요.
어머니 전 이제 더이상 추워서
밖에 나갈 수도 없어요.

어머니

미쳤구나. 쥐새끼랑 함께 살 순 없어.
여긴 좁고 어둡고 냄새만 날 뿐이야. 빛도 없다구.

아들

둘이 살면 비좁진 않을 거예요.
전에도 그랬으니까.
아버질 죽였으니
제가 예의 없게 여기 살 순 없죠.

어머니

예의를 갖추지 못해?
이 어미는
이제 늙어서 먹이를 구할 힘도 없단다.

아들

나쁜 년!

어머니

아니, 엄마한테

말버릇이 그게 뭐냐?

　　　　　아들
　　　　　이 여자가
　　　　　어머니한테 꼭 그렇게
　　　　　말해달라고 했어요.

어머니
아니, 왜?

　　　　　아들
　　　　　제 아이가
　　　　　저 여자 뱃속에서
　　　　　자라고 있거든요.

어머니, 여자를 쏘아본다.

어머니
쥐새끼 같은 년!

　　　　　　　여자
　　　　　　　지우려는 걸
　　　　　　　끝까지 말렸어요.
　　　　　　　씨발, 내 뱃속에
　　　　　　　자기 우주가
　　　　　　　출렁거리고 있다나.

지난번처럼
화장실에 싸서 버릴까봐……

아들
그럴 순 없어.
화장실에
우주를 버릴 순 없다고!

여자
네 우주가 뭔데?
그렇게 소중해?

아들
울음소리지.

여자
울음소리 같은 건
휴지에 싸 버리면
아무도 몰라!

아들
지금 우리 몸도
휴지 같아.
영혼을 다 닦고 나면
버려야 할 휴지.

여자
(아들 목덜미를 잡으며)

정신 차려 병신아.

우린 휴지 살 돈도 없다고.

아들
지난번에
가져다준 휴지는?

여자
그건 밤마다
너 때문에
눈물 닦느라 다 썼지.

아들
저번에
길에서 주운 휴지들은?

여자
그건 네가
사람들에게 시를 읽어준다고
싸돌아다니다가
얻어맞고 온 날
네 코피 닦아주느라
다 썼지.

아들
우리에겐
그래도 아직 새가 있어.
산부인과에선
밤마다 몰래
어린 새들을 헝겊에 싸서
버린다고 하더군.

(여자의 배를 만지며)

새야 새야 울어봐 울어봐.
내가 준 팔을 퍼덕거려봐.

여자, 자신의 배를 바라본다.
깔깔거린다. 쿵쿵거린다.
쥐처럼.

어머니
(아들을 데리고 구석으로 가서)

지우거라.
너 같은 병신을
낳고 싶은 거니?

아들
제 팔을 닮은 아이가
나올 거예요.

어머니
지워!
입덧이 생기기 전, 구렁이나 살모사를
산 채로 먹이거라.
독이 있는 걸 먹여야
뱃속의 애가

혀를 깨물고 죽는단다.
그것도 안 된다면……

여자
어머! 어머니 혀가 꼬이시나봐요.

아들
어머니, 뱃속의
울음소리를
죽일 순 없어요.

아이는 저와
똑같은 울음소리를
가지고 있어요.
제가 저 여자 뱃속에
넣어주었으니까.

어머니
넌 네 아이를
안아줄 수도
없을 거야.

아들
그래도 평생 아이의
눈을 피하지는
않을 거예요. 어머니처럼.

어머니
난 아직
할머니가 되기는 싫다.

아들
난 이제
아버지가 돼야 해요.

어머니
네 아버지처럼
철없는 소리만 하는구나.
아버지들은 박제에 불과해.
높은 곳에 멍청하게 눈을 치켜뜨고
위엄만 가질 뿐이야.
아무짝에도 쓸모없지.
네 애들은 아니,
널 닮은 울음소리는
배가 고파서
금방 사라질 거야.

이때 사이렌 소리.

사이버 복장의 경찰들이 들이닥친다.

집안의 모든 물건들을 뒤지기 시작한다.
바코드 기계를 사체에 대본다.

경찰 2
(코를 막으며)

윽.

코로 숨을 쉴 수가 없어.
똥구멍으로
숨을 쉬어야 할 것 같아.

어머니
전 도로에서 치었거나
숲에서 덫에 걸린 것들을 주워 와서
박제를 해다가
내다판 게 전부입니다.

경찰 2
우리는 훈련된 사람입니다.

경찰 1
이거 맞습니다.
엊그제 도난 신고가 들어왔던
물건입니다.

경찰 2
그래?

사람들을 둘러본다.

어머니, 냉장고를 열어 돈뭉치를 가방에 숨긴다.
몰래 도망가려는 눈치다.

경찰 2

잠깐, 거기 두 팔 없는 너.
이리 와! 입 벌려봐!

아들, 입을 벌려준다.

경찰 1, 플래시로 이빨을 살핀다.

경찰 2, 품에서 수배 사진을 꺼내고

아들 얼굴을 번갈아보며

무언가 확인한 듯하다.

경찰 1, 2 수군거린다.

경찰2

맞군. 그 송곳니가 확실해.
어금니는 어디에 숨겼지?

뒷문을 열고 나가려다가 가방을 내려놓고 돌아서며

어머니

경관 나으리.
우리 가족은 모두
어금니 꽉 깨문 채 살고 있어요.
저리 가서

바지를 내릴 테니
한 번만 봐주세요.

경찰 1

맹인 일가족을 살해하고
암매장한 혐의로
당신을 체포합니다.

경찰 1, 뒤로 가서 아들에게
수갑을 채우려 한다.

아들, 으르렁거린다.
어머니, 다가가서 아들을 꼭 안는다.

어머니

내 아들은
그럴 리가 없어요.
제 아들은
사람을 죽이지 않았어요.
증거도 없잖아요.

경찰 1

글쎄요,
그건 가서 조사하면
다 나올 겁니다.

아들

난 누명을 쓰고 있어.

우리 가문은 위대해!

경찰 1

그런 소릴랑 난 관심 없어.
난 총을 가지고 있다고!
세상에 총소리가 사라진 날은
하루도 없었어.

아들

난 세상에서 총이 제일 싫어요.
난 무죄야!

여자, 으르렁거리며 경찰들에게 달려든다.

여자

아아아아아!

경찰, 개머리판으로
여자의 머리를 내리친다.

경찰 1

공무 집행 방해죄.
우주먼지 6개월형.
무중력 생활 2년!

경찰들, 집안의 물건을 마구 뒤진다.
코를 찡그린다.

경찰 1
역겹군.
여기저기
다 총을 싸질러버리고 싶어.

(어머니에게 총을 겨누며)

당신도 의심스럽군.
가족은 늘 한패니까.

여자
핵폭탄이 떨어지고 난 뒤
이 세상에 가족은 사라졌어요.
모르세요?

경찰 2
하긴 좀비들도
인간들이 그리워서
어둠 속에서
주워 온 시체로
박제를 만들고 있으니.
인간이 얼마나
살아남아 있을지……
똑바로 답해!
너흰 인간이야? 짐승이야?

경찰 1 2, 총을 들어 한 명씩 겨눈다.

겁먹는 아들,

어머니,

여자.

여자
전 쥐예요. 저 여자가 모든 걸 사주했어요.

어머니
(움찔하며)

경찰관님 저흰 핵가족이에요. 가끔 보죠.
저 아이가
그래도 어릴 때는
착하고 순진한 애였어요.

(갑자기 울먹거리며)

저애는 두 팔이 없는 걸
빼고는 정상이랍니다.
팔을 제 안에 두고 왔지만
제 어미를 보살피느라 애써왔어요.
선생님들, 우는 것도
자기 보호 본능이에요.
저애는 이 세상의 모든 걸
자기가 대신
울어줄 수 있다고
생각하고 있어요.

정신이 이상해요. 잡아가세요, 어서…… 흑흑……

박제를 들고 오는 경찰 2.

경찰 2
박제라……
생명 없는 사물들을
증식시키고자 하는 욕구,
그 바탕에 있는 자들은
대부분 예술가가 되거나
범죄자가 되지요.
아들의 경우는……

어머니
두 가지 다 해당돼요. 흑흑.

경찰 2
그렇다면 정황으로 봐서
일단 지금은
아드님 심리를 체포하겠습니다.
짐승은
울음소리를 보존하는 것이
실패하면 종족 보존에
실패한 거죠.
아마 아드님은
『종의 기원』을
좀 다른 방식으로

연구하고 싶으셨나보군요.
하지만 총을 든 우리는
정상에서 이탈한 자들의 심리를
미리 알아채고
체포해야 합니다.
우리는 그렇게 훈련되었거든요.

어머니

맞아요. 내 아들은『종의 기원』을
첫 장부터 다 외우고 있어요.
어릴 적부터 발가락으로
페이지를 넘기도록
제가 훈련시켰거든요.
발가락으로 저 아이는 돈을 셀 수도 있어요.
증거가 필요하다면
지금 당장 보여드릴 수도 있어요. 뭐해? 어서 이리 와서!

경찰 1

됐어!
메일이나 편지로 보내.

경찰 2

TNT 6071님! 이 모자는
서로의 배경에
있는 언어들 같습니다.
수상합니다.

경찰 1

맞아.
서로의 언어 사이에

떠 있는
배경 같군.
짐승도 인간도 아닌
언어같이 굴잖아.
이 세상에
언어가 사라진 게 언제인데
아직도
언어를 사용하는 자가 있다니.
언어는 금지되어 있어.
우주먼지 형이야!
혹시 책을 보고 있는 것은
아닐지 모르니 찾아봐!
수상해.

아들

여긴 책 따위는 없어요. 활자들을 왜 보겠어요.
인공위성 숫자보다 적게 남은 책자들이
저희 집에 있을 리 없잖아요.

여자

아저씨. 이 사람은 운명이 뻔뻔한 거래요.
운명은 혼자 다니면서 툭하면
사람들에게
누명을 뒤집어씌운다나.
책 속에선 하수구만 보았다고 했어요.

경찰 2

책? 책을 봤다구? 그렇다면
언어를 사용한다는 거잖아!
당신을

우주먼지 200년형에 처한다!

(총을 겨눈다.)

아들

전 언어를 잃어버린 지 오래되었어요.
언어가 사라지고 나서 태어났구요. 전 늑대입니다.

경찰 2

형님, 우리 행성으로
연행하죠.

경찰 1

공석에선
형님이라고 하지 말랬지?
우린 사이버 기계야. 잘해!

여자

다 잡아가야 해요. 여긴 비좁아요.
저 혼자 살기에도. 흑흑.

경찰 2

찍찍거리지 마.
꼬리를 잘라 가는 수가 있어.

아들, 갑자기 평온하다는 듯 일어나며

아들
어머니, 전 가봐야겠어요.
제가 뒤집어쓸게요.
돌아올 때까지
건강하세요.
저 여자하고
아이도 잘 돌봐주시구요.

어머니
그래.
이번에 올 때는
전화하는 거 잊지 말아라.

경찰 1, 수갑을 채우려고 한다.

팔이 없는 걸 다시 확인하고 약간 당황한다.

경찰 1, 2
당황할 것 없어.
우린 훈련되었어.

우리는 TNT21-22호다.
인간관계와 사람, 상황에 대해
인지할 수 있도록 프로그래밍
되어 만들어졌다.
바코드 없이 5킬로미터 이상
무단으로 이동하면

몸속에 내장되어 있는
자동화기가 작동하여 폭발한다.
우린 명령을 마치면 측량한
것들의 화소만 보내고
그 자리에서 소진되도록 회사와
약정되어 있다. 인간을 믿어서는
안 된다. 그보다 더 무서운 건
인간을 사랑하는 것.
인간을 사랑해서는 안 된다고
우리는 훈육되어왔다.

아들

죄송해요. 전 수갑에 맞는
두 팔이 없어요.

경찰 2

그렇군요.
하지만 수갑을 차면
대부분 운명이 많이 변하죠.
하지만 당신은
손금이 없으니
예상도 못하겠군.

아들, 미소 짓는다.

여자, 일어난다.

여자

여보, 잘 다녀오세요.

아들

응, 그래, 자기.
번식 잘 해.
아무데서나
침흘리지 말고.

여자

응, 이제 안 찍찍거릴게.
안녕 자기야~

남자, 여자의 배에 다가가 얼굴을 부빈다.

어머니

내 새끼에게
떨어지지 못해?
이 쥐새끼 같은 년!

여자

쌍년! 뭐 해 당신!
나한테 했던 말을
어머니께 그대로 해드려요.

아들
조용히 하지 못해!

아들, 경찰관을 떼어내고 여자를 마구 걷어찬다.

경찰들, 뜯어말린다.

아들
어머니.

어머니
왜 그러니, 애야?

아들
어머니, 왜 우리는 자꾸
이생에서 희박해지죠?

어머니
애야, 그래도
네가 태어났을 때
나는 너를
핥아주었단다.

아들
어머니, 이제 전
불빛을 보고도
달려들지 않겠어요.

어머니

얘야, 길 위에
피를 흘리고 다니지 말거라.
사람들은 네 피를 보고
발소리를 더 죽일 거다.

경찰 1

연행해!

경찰 2

더 듣고 있다간
이들의 언어에 감염당할 것 같아.

(주머니에서 무전기를 꺼내 송신한다.)

로져! 여긴 행성 B289. 코드 네임
지구. 서기 4800. TNT 21-22호.
살아남은 인류는 아카이브로
모두 향한 듯하다.
건물과 건물 사이에 철남들은
보이지 않는다. 에바(EVA)
1기처럼 생긴 구세대 로봇
하나도 보이지 않는다. 지진은
2096년에 완전히 멈추었다.
방위사령부는 땅속에 있는지
아니면 근교의 바닷속에
수장되어 있는지 확인이
안 된다. 1954년 생산이 중단된
RCA진공관을 가져가라는
명령을 받고 이케부쿠로

아키하바라에 왔다.
현재 온도 영상 4도 시간은
밤 11시 습도 200, 사람인지
복제인지 구별이 안 되는
움직임들이 건물 사이에
가득하다. 생명체는 인간,
늑대, 귀, 쥐. 뱀파이어들은
건물 뒤편에서 잠을 자고 있다.
2067년이 되면서 이 도시는
좀비가 점령했고 이후 1500년간
좀비는 식량 부족으로 저희끼리
뜯어먹다가 멸종했다.
하늘은 회색에서 검은 납빛으로
변하고 있다. 캡슐을 먹어야
할 시간이다. 곧 회항하겠다.
생명체들은 살기 위해 결코 입을
열지 않고 산다. 웃음 바이러스는
인류를 웃다가 멸종하게 만든
원인이 되었다. 지구에선 지금도
'유 너머'의 권위로 실험의
대상을 인간으로 하게 되었다는
혐의가 도출되고 있다.
우린 우주에서 금지된 '언어'를
사용하는 자를 발견한 듯하다.
여기는 젖은 공기들이 닿아
건물의 부식이 빠르게 진행되고
있다. 그 사실을 알려줄 계측기가
발명되지 못했는지 도시 전체의
부식도가 높다.
곧 이륙 준비하겠다, 로져.

어디선가 우주선이 착륙하는 듯하다. 핑음.

아들

잠깐만요, 경찰관님.
저 어머니하고 마지막 상봉인데
잠시만 둘이 있게
해줄 순 없나요?

경찰 2

딱 10분입니다.
그 이상은 안 돼요.

아들

네 10분이면 충분해요.
떡치기엔.

어머니 어서요!
저도 없는데
굶어 죽을 순 없잖아요.

경찰 1

밖에서 기다릴 테니
빨리 끝내요.

어머니

그래, 서두르자꾸나.
그동안 네 솜씨가 나아졌는지
보고 싶구나.

내가 네 몸에 떡을 줄 테니
너는 내 몸에 침을 뱉거라.
엉덩이가 더 쭈글쭈글해지기 전에
한 번이라도 더 떡을 만들어야지.

아들, 어머니 엉덩이를 덥석 깨문다.

어머니

아, 아…… 아파.

아들

아직 탱탱해요.
어머니, 희망을 가지세요.

어머니

희망이 뭐지?

아들

같이…… 자기 전에
잠시 흐뭇해지는 거예요.

아들과 어머니, 방으로 들어간다.
아들과 어머니, 성교를 나누는 모습 보인다.

(아들은 마치 하고 싶은 말을 어머니의 가장 깊은 곳에 삽입하듯이 어머니는 그 말을 몸 깊은 곳으로 하나씩 받아들이듯이)

천장에서 조금씩 흙이 떨어진다. 헐떡이듯, 조금씩 무너져내리듯.

음악 소리 점점 고조되고.

아들

어머니.

어머니

왜 그러니?

아들

박제들은
울음소리가 없는데도
왜 썩지 않나요?

어머니

물고기들은 왜 울지 않지. 바위는 왜 박제가 안 되지.
구름도 박제해서 먼 나라에 내다팔고 싶어.
아프리카엔 음식보다 눈을 소포로 보내줘야 해.
평생 눈을 볼 수 없을 테니까 돈이 될 거야.
눈은 왜 박제할 수 없지.

아들과 어머니, 미소 짓는다.

아들

어머니, 전 아직도
어머니 몸안에서
헐떡거리는 것 같아요.
제 팔을 돌려주세요.

어머니

또…… 또…… 그 소리.
여긴 없다니까.

아들

여기 있잖아요.

어머니

딴 데 가서 알아봐.

아들

(아래를 느끼며)

여기, 여기요.

어머니

끝내지 마.
끝내지 마.

아들

어머니, 저는
어머니와 같은 피를 가졌나요?

어머니

아니, 내 피는
네게 나누어주고 싶지 않아.
우린 똑같은
울음소리를 가졌을 뿐이야.

천천히.
천천히 해줘.
잘 못 알아듣겠어.

아들

난 내 팔과 교신하고 있어.
내가 울고 있는 건
내 불구를 우는 거야.
내 불구가
저 불구를 부르고 있다.
어머니,
전 팔이 없이……
(헉헉) 태어난 게……
아니에요.

어머니

또 그 소리, (헉헉)
그 얘기 좀
그만할 수 없니?

아들

난 여기,
여기에,
제 두 팔을 두고 왔어요.

제가 두고 왔어요.

어머니
(혁혁) 조금만 참아봐.
싸돌아다니기만 해서 그런지
체력이 전만 같지는 않구나.
사내가 그 정도도 참지 못하고
어떻게 우주를 갖겠니?
내 몸에 더 침을 뱉어라.
내 몸에 더 침을 흘리거라.
네가 두고 온 거야.
그 팔. 내 몸안에.
두고 온 거 맞아.

아들
(혁혁) 못 참겠어요.
이상한 뿌리들이 절 잡아당기고 있어요.

어머니
조금만 더 힘을 내거라.

아들
윽……

어머니
조금만……

아들
어머니……
어머니 !

어머니 !

어머니
그만,
그만, 아……
아파. 아파

　　아들
　　으…… 도저히 안 되겠어요.
　　어떡하죠?

어머니
싸거라. 내 안에……
안에 싸거라.

　　아들
　　정말, 안에,
　　싸도 되나요?

어머니
그래, 안에 싸거라,
내 안에……
다 싸버려. 해.

　　아들
　　윽!

어머니
(물이 몸에 차오른 듯 괴성)

아아아아아아……

여자, 다시 고개를 들고 눈을 갑자기 뜨면서

여자

파리리이 젖었다아아.

파리리이 젖었어어어.

파리리이…… 우우운다아아.

파리리이 나오오온다아.

잠시 후 다시 불 들어오고

문밖의 경찰들 인기척

경찰들
(목소리)

어서 나와.
게이트가 닫힐 시간이야.
지금 돌아가지 못하면
영원히 시간에 갇힌다구.

문밖에 우주선에서 나온 푸른 빛이 가득하다.

아들, 힘없이 밖으로 나간다.

어머니
(정신을 차리며)

네 아버지를 닮아서
어려서부터 넌
엉뚱한 데가 많았어.
경찰들 바쁘실 텐데
어서 가봐야 하지 않겠니?
내가 문을 열어주마.

아들
네 고마워요,
어머니.

어머니, 문을 열어준다.

경찰들, 아들 입을 벌리고
주머니에서 스프레이를 꺼내 성에를 뿌린다.

아들, 입안이 다 얼어붙는다.

아들에게 개 입마개를 씌운다.
데리고 퇴장.

총소리 탕!

어머니, 문을 닫고 잠시 생각에 잠긴 듯하다.

어디선가 긴 늑대 울음소리.

어머니, 가랑이를 벌리고 밑을 내려다본다.

자궁 속 깊은 곳에서 들려오는 늑대 울음소리.

어머니, 뒤로 쓰러진다.

암전

3막

여자가 흔들의자에 앉아 이따금 자기 배를 바라본다.

뱃속의 아이에게 동화책을 읽어주고 있다.

여자

어디선가 미미하고 단조롭고 선명하지만
아득한 종소리가 들려옵니다. 햇빛이
깨진 종소리를 물고 가는군요. 당신,
밤이 깊어갈수록 내가 쓰는 언어는
짐승의 빛깔이 되고 새벽이 밝아오면 식물의
빛깔이 되어갑니다. 밤이면 내 언어는 짐승이
되고 새벽엔 식물이 되는 거예요.
무슨 소리냐고요. 어떤 생명은 피를 토하고
죽는 것이 아니라 자기 몸안에 있는 식물들을
다 토하고 죽을 수도 있다는 말을 하고 싶어요.
당신, 인간은 전체가 아닌 부분을 앓다가
가는 것 같아요. 당신, 당신을 향한 시간은
내내 짐승이거나 식물이거나, 나는 지금
내 안의 생태계에 오염되고 있어요. 당신은
야만이고 나는 이 시간에 길들여지는 무수한
가면들입니다. 손님인 당신, 어서 오세요.

이때 초인종 소리 느리게 한 번,
어머니가 검은 선글라스를 쓰고 지팡이를 짚은 채 등장한다.

여자, 동화책을 뒤로 숨긴다.

벽을 더듬더듬 짚어가며 다가오는 어머니.

여자

아니, 어머니!

어머니

얘야……

어머니, 앞이 안 보이는 듯 벽을 더듬거리며 주위를 두리번거린다.

여자

갑자기
집엔 웬일이세요?
전화도 안 주시고……
집안에 남자라도 있었으면
큰일날 뻔했네.

어머니

(기침을 하며)

전화번호를 또 바꾸었더구나.

여자
여긴 둘이
살기엔 좁아요.

어머니, 흔들의자에 와서 앉는다.

어머니
걔한테 소식은 왔니?

여자
아직요.

어머니
아들 말이다.

여자
또 그 소리.
어머니, 이젠 지겨워요.
그이가 우주선을 탄 지
벌써 1년이 다 되어가요.

어머니
아들을 유괴당했어,
다른 우주로.

여자

지겹지도 않으세요?
이제 그 얘긴
그만하고 싶어요.
그인 숲속으로 달아나서
어슬렁거리다가
덫에 걸린 채 얼어죽었어요.

어머니

내 아들은 시를 썼단다.

여자

어머니, 몇 번을 말해야 하죠?
그건 어머니의 추측이에요.
그이는 병신에 불과했어요.

어머니

그앨 지우려 했을 때
뱃속의 아들이 지르는
비명을 분명히 들었단다.

여자

어머니, 삶은
매일 비명투성이에요.
모르셨어요?

어머니

그건
아들이 마지막에
내 입에 물리고 간

말이잖아.

여자
여자
맞아요. 그인
늘 알 수 없는 소리만
중얼거리고
떠나버렸죠.

어머니
난 지금
눈물을 흘리고 있다고
말하지 않을 거다.

어머니에게 다가간다.

여자
어머니 절 한 번 안아주세요.
더 세게.
어머니, 절 굶겨 죽일 생각이세요?
뱃속의 애까지
굶어 죽을 지경이에요.
이제 그만 정신 차리고
일을 하셔야죠.
이번엔 얼마나 받아 오셨어요?

어머니, 바구니에서 돈을 꺼내준다.

어머니
미안하구나.
하지만 난 이제 더이상
일을 할 수 없단다.
늙고 힘이 없어.

여자
이러다간
똥구멍이 말라붙겠어요.
이렇게 배고픔을 느끼고 사느니
박제가 되는 편이 낫겠어요.

어머니
얘야, 지난번에
받아 온 돈은
벌써 다 쓴 거냐?

여자
어머니,
벌써 시간이
한 달이나 지났어요.

어머니
지하철에서
구걸해서
받아 온 돈은?

여자
그건
어머니 선글라스
사는 데 다 썼죠.

어머니
육교에
쪼그려앉아
받아 온 돈은?

여자
그건 어머니
하모니카 사느라
다 썼고요.

어머니
얘야, 난 이제
좀 쉬고 싶구나.

털썩 주저앉는 어머니

여자
어머니,
그렇게 매사를 쉽게 포기해서
이 세상을 어떻게 살아가겠어요.

이제 그만 쏘다니고
집안일을 거들 때가 되었나봐요.
스스로 거리로 나선 건 어머니라고요.

어머니, 의자에서 일어난다.

지팡이를 짚고 문 쪽으로 더듬거리며 간다.

어머니

아들이 숲속을 어슬렁거려.
들어올지 모르니
문을 열어두자.

여자

이 세상이 그리워
어슬렁거리고 있다면
다 유령이죠.

어머니

애야……

여자

또 왜 그러세요?

어머니

난 눈을
잃은 것이 아니야.

눈을 뜨지
못하는 거란다.

여자

어머니,
제 우주도
밤마다 끙끙 앓고 있어요.

어머니, 기침 소리 깊어진다.

문을 열다 말고

어머니

뱃속의 아가는
잘 자라고 있니?

여자

며칠 전엔
귀가 하나 생겼고요.
발가락이 하나 생겼어요.
조금씩 밖의 소리를 듣고
배를 두드려요.

어머니

늑대는 눈알부터 자라는 법이란다.
동화를 많이
읽어주거라.

여자
동화는
어른이 꾸는 악몽이래요.
저는 그런 건
아이한테 읽어주지 않겠어요.

어머니
애야, 난 네가
다 자라면
언젠가 네 곁에서
길을 잃고 싶었단다.

여자
어머니, 그 말은
그이가 제 배에 대고
아이에게 해준 말이에요.

어머니
그래, 그래.
고맙구나.

여자, 어머니에게 다가와 살짝 뺨을 때린다.

여자
정신차리세요.
어머니도 그이를 닮아
무슨 소리인지
못 알아듣겠는 말만 하시는군요.

바쁘실 텐데
제가 문을
열어드릴게요.

어머니

그래, 알았어.

여자

오실 때
전화하는 거 잊지 마세요.

어머니

알고 있다.
이번엔 잊지 않으마.

어머니, 문밖으로 퇴장하고

여자, 문을 닫는다. 잠시 정적.

다시 여자, 의자에 와서 앉는다. 다시 동화책을 든다.

여자, 문득 자신의 배안을 바라보는 듯하다.

여자, 갑자기 헛구역질을 하기 시작한다.

여자

벌써 20개월째야.
나오려고 하지 않아.
출산일이
훨씬 지났는데도……
뱃속에서 계속 울고만 있어……
애 울음소리가 다리 사이로
밤마다 흘러내려.
듣고 싶지 않아.
듣고 싶지 않아 .
아무래도 이상한 걸.
뱃속에
담고 있는 것 같아.

여자, 구석으로 가서 요강 위에 앉는다.

엉덩이에 힘을 주고 있다. 힘이 든 표정.

안 되겠다는 듯이 싱크대 쪽으로 가서 병을 하나 꺼낸다.

병속엔 살모사 한 마리가 똬리를 틀고 있다.

병을 들어 마시려 할 즈음,

볼륨이 점점 높아지면서

떨어지는 휜 흙들.

어디선가 울음소리 퍼진다.

마치 이 세상의 자궁 안에 있는 모든 울음들처럼.

갑자기

문을 박차고 들어오는 어머니, 여자에게 달려든다.

어머니
안 돼!

보여 보여.

늑대 울음소리 길게 울려퍼진다.

조명 서서히 (암전)

끝

불구의 몸을 껴안는
생의 깊고 아득한
울음소리

최창근 (극작가, 시인)

1

신라의 천년 고도 경주의 왕릉 근처 어디쯤에 살 것도 같은 경주는 문
단에서 이미 그 재능을 인정받은 시인이다. 미소년 같은 해맑은 미모
(?)로 인해 여전히 젊은 시인인 경주는 한 여자의 남편이자 두 아이의
아빠가 된 지금보다 훨씬 더 젊었을 때 단편영화 작업도 하고 야설작
가와 대필작가, 학원강사, 카피라이터를 전전하다가 시의 길로 들어섰
다. 시의 길로 들어서자마자 경주의 시적 재능은 폭발하여 첫 시집『나
는 이 세상에 없는 계절이다』가 세상에 나왔을 때 이미 경주는 한국시
단을 대표하는 젊은 시인으로 주목을 받고 있었다.

그러던 경주가 2006년 봄이었던가, 여러 시인이 함께 있던 인사동의
어느 찻집에서 나를 처음 만났을 때 대학 시절부터 연극에 관심이 있
었다고 수줍게 털어놓은 후 메일로 보내준 희곡이「늑대는 눈알부터
자란다」였다. 이 희곡은 경주의 첫 시집에 같은 제목으로 실려 있는 시
에서 그 모티프를 가져왔다. 희곡을 처음 읽고 나서 든 느낌은 참 묘했
다. 기존의 대학로 무대에 자주 올라갔던 작품과는 뭔가 다른 어떤 독
특함이 있었다고나 할까. 마치 경주와 비슷한 길을 먼저 걸어갔던 뛰
어난 시인이면서 몇 편의 인상적인 희곡을 남긴 장정일 선배의「긴 여

행」이나 「실내극」과 비슷한 분위기를 풍겼다.

경주의 시가 프랑스 상징주의 시인들의 작품을 떠올리게 하듯 경주가 쓴 희곡도 다분히 사적이고 주관적이며 정서적인 것을 강조하는 상징주의 희곡의 한 경향을 닮은 듯도 했다. 아주 오랫동안 사실주의 희곡의 전통 안에서 숨을 쉬고 있던 한국연극계에 상징성이 강한 경주의 희곡은 조금은 낯설게 다가올 수도 있었으리라. 한국의 연극 안에서도 다채로운 색깔을 지닌 다양한 희곡들이 존재해야 한다고 믿는 나로서는 경주의 이단아 같은 색다른 희곡이 반가울 수밖에 없었다.

대중적인 보편성은 부족하지만 작가의 개성이 두드러지는 예술성에 가까이 다가가 있는 경주의 희곡을 어떻게 무대 위에 올릴 수 있을까. 곧바로 떠오른 것은 실험적인 작품들의 산실인 '혜화동 1번지' 소극장과 그 작은 극장을 중심으로 활동하고 있는 젊은 연출가 동인들이었다. 그중에서도 오랜 지기이자 한 작품, 한 작품을 아주 뚝심 있게 만들어가는 박정석 연출이 머리를 스치고 지나갔다. 박상륭 선생의 「남도」 연작을 무대 위에 올린 경험이 있는 박연출의 근기라면 공연 형상화가 결코 만만치 않은 경주의 희곡도 어쩌면 무대 위에서 빛을 볼 수 있지 않을까 싶었다. 경주의 희곡은 그렇게 해서 '혜화동 1번지' 페스티벌의 한 작품으로 세상에 제 모습을 드러내게 됐다.

2

경주의 연극 무대 데뷔작인 「늑대는 눈알부터 자란다」는 겉으로 보기엔 늑대 가족의 얘기 같지만 실은 경주 자신의 가족사가 어느 정도 반영된 자전적인 작품처럼도 여겨신다. 어머니와 아들, 아들의 여자를 중심으로 전개되는 이 희곡에 아버지는 직접적으로 등장하지 않는다. 단지 아들이 물어온 늑대가 어머니의 증언을 통해 아버지로 밝혀질 뿐이다. 얼굴도 한 번 제대로 본 적 없는, 직업이 시인인 무능하고 무기력한 생활인으로서의 아버지(그러나 그 아버지 역시 인간 곁에 가기 위해 두 개의 발이 잘려나갔다)의 존재는 집을 나가 온 세상을 정처 없이 떠돌고 있는 아들에겐 그저 무명의 존재일 뿐 그 이상도 그 이하도 아닐 터이다. 그러니까 옛날 옛적 어느 숲속에 살았던 늑대 가족의 꿈과도 같은 우화는 자연스럽게 인간 가족의 현실로 옮겨온다.

두 팔이 없는 불구의 몸으로 태어난 아들은 그리스 비극 『오이디푸스왕』의 주인공처럼 결국 숲속을 어슬렁거리는 아버지를 물어 죽이고 존재의 끈을 붙잡기 위해 어머니와 섹스를 한다. 또 아들은 앞을 못 보는 여자의 가족들을 살해해서 암매장하고 하수구에서 만난 여자와는 몸을 섞어 아이를 배게 한다. 이 늑대 가족은 윤리적인 차원에서 파악하자면 결코 정상적인 관계로 볼 수 없겠지만 아들의 부도덕한 행위는 실존이 본질보다 앞선다는 실존주의 철학자들의 입장을 받아 안을 때 또다른 차원의 논쟁거리를 던져준다.

독일의 생물학자 에른스트 헤켈에 의하면 '개체발생은 계통발생을 반복한다'. 진화론의 고전인 『종의 기원』에서 갈라져나온 이 명제는 하나의 세포가 개체가 되기까지의 과정이 단세포생물이 다세포생물로 진화하는 과정과 동일하다는 의미이다. 헤켈의 이러한 발생반복설은 결핍으로 가득찬 아들이 기대고 있는 종족 보존의 본능을 정당화시키고 나아가 어머니와 아들이 한몸이 되고자 하는 근원적인 생명체의 갈망을 촉발시킨다. 그러고 보니 이 희곡의 배경은 "아주 상이한 시간이 충돌하는 알 수 없는" 때의 "어두운 숲속, 죽은 나무의 뿌리 안"이 아닌가. 여기저기 뿌리들이 치렁치렁 뻗어나와 있는 캄캄한 곳.

소우주는 대우주를 반복한다는 말처럼 자기 속에 우주가 있고 신도 들어 있는 살아 있는 모든 존재는 존재 자체가 외롭기에 몸을 붙일 주변의 다른 살붙이들을 끊임없이 탐하고 그리워하기 마련이다. 이 희곡에서 불완전한 몸을 받고 이 세상으로 오게 될 자기를 닮은 존재에 대한 불안은 흔들의자에 앉아 뱃속의 아기에게 동화책을 읽어주는 여자의 모습에서 극대화된다.

> 어디선가 미미하고 단조롭고 선명하지만 아득한 종소리가
> 들려옵니다. 햇빛이 깨진 종소리를 물고 가는군요. 당신, 밤이
> 깊어갈수록 내가 쓰는 언어는 짐승의 빛깔이 되고 새벽이
> 밝아오면 식물의 빛깔이 되어갑니다. 밤이면 내 언어는
> 짐승이 되고 새벽엔 식물이 되는 거예요. 무슨 소리냐고요.
> 어떤 생명은 피를 토하고 죽는 것이 아니라 자기 몸안에 있는
> 식물들을 다 토하고 죽을 수도 있다는 말을 하고 싶어요. 당신,
> 인간은 전체가 아닌 부분을 앓다가 가는 것 같아요. 당신,
> 당신을 향한 시간은 내내 짐승이거나 식물이거나, 나는 지금
> 내 안의 생태계에 오염되고 있어요. 당신은 야만이고 나는 이
> 시간에 길들여지는 무수한 가면들입니다. 손님인 당신, 어서
> 오세요. (본문 p132 중에서)

다시 말하면 경주의 희곡에 등장하는 늑대 가족의 비정상적인 관계와 부도덕한 행위는 곧바로 '김경주'라는 고유명사의 가족 이야기로 연결되고 이 신화 같은 허구는 인간의 내면에 숨쉬고 있는 무의식의 심연을 건드리고 있으며 결국 자연의 생태계 안에서 끊임없이 순환하고 회귀하는 생명 본연의 아득한 이야기로 확장된다. 이를테면, "서로의 언어 사이에 떠 있는 배경", "서로의 배경에 있는 언어들"인 늑대 가족의 모습은 다름 아닌 바로 우리들의 자화상인 셈이다.

3

누가 뭐래도 천상 시인일 수밖에 없는 경주는 「늑대는 눈알부터 자란 다」를 발표한 후에도 「블랙박스」나 「나비잠」 같은, 경주가 줄곧 힘주 어 강조하는 '시극'을 써왔다. 희곡에 대한 경주의 애정은 시에 대해 품고 있는 각별한 열정에 결코 뒤지지 않는다. 시인이 쓴다고 해서, 시 자체를 무대 위에 올린다고 해서 그것을 모두 시극이라 부를 순 없지 만 경주의 희곡은 시인이 아니면 쉽게 흉내낼 수 없는, 시인이 희곡을 쓴다면 아마도 이런 대사가 나오지 않을까 싶은 시적인 아우라가 깃든 잠언들을 빼곡하게 품고 있다.

가령 "어머니 제 우주도 밤마다 끙끙 앓고 있어요"나 "전 늘 제 피 곁 을 어슬렁거리고 있어요" "삶은 매일 비명투성이에요" "짐승은 울음소 리를 보존하는 것이 실패하면 종족 보존에 실패한 거죠" 같은 아들의 말이나 "누구나 자기 이 가는 소리에 한번씩 잠이 깨곤 하는 거야" "원 래 이상이 큰 분은 곁에 있는 사람을 잘 울리는 거야" 같은 어머니의 말들은 조금은 어렵고 난해해서 생각하기에 따라서는 일반 독자들이 나 관객들에게 추상적이고 관념적으로 비쳐질 수도 있겠지만 그 의미 를 집중해서 곱씹다보면 생의 이면을 들여다보게 만드는 묘한 매력과 울림을 갖고 있음을 알게 된다.

늑대의 야성(野性)

—

울음소리(野聲)로

본래적 존재를 회복코자 하는

모자(母子)의 모습

1

먼 미래, 핵전쟁으로 인해 지구는 폐허가 되었고 인류는 인간과 늑대 (짐승)의 몸이 공존한 공간에서 살고 있다. 이 이야기는 이곳에서 자해 공갈단의 우두머리로 몸을 팔고 새끼들을 팔아 삶을 연명해가는 엄마 늑대와 아들 늑대의 이야기다. 생계를 걱정하며 어떻게 먹고살지 궁 구하는 이들 모자(母子)의 모습은 사실 가난한 소시민인 우리네 모습과 별다르지 않다. 늑대의 야수성은 울음소리로 대변되며 생존의 위기는 '늑대인간'의 삶으로 치환시켜놓은 것이다. 울음소리를 통해 본래적 존재를 회복하고자 하는 모자의 모습을 통해 우리는 우리 시대의 자화 상을 가늠할 수 있다.

황갈색의 어둡고 음침한 늑대의 터전이 무대 전면을 차지하고, 동물을 박제하여 먹고사는 늙은 어미가 혼자 머무르는 곳에 두 팔 없는 아들 늑대가 등장, 임신중에 살모사가 빠져나와 아들의 팔다리를 먹어치웠 다고 뜬금없이 뱉는 어미의 말은 단순히 진실의 측면이 아니라 아들의 장애에 대한 풀리지 않는 현재진행형의 물음을 던지고 있다.

이 극은 갈수록 '희박'해지는 우리 주변 인간들의 이야기다. 소외당한 사람들의 생존에 관한 극이다. 그것을 형상화한 것이 두 팔이 잘린 아들 늑대이다. 결핍과 가난, 소수, 소외층을 상징하는 사람들. 인간이 각각 하나의 우주라고 한다면 그들은 핵전쟁 이후 이 사회에 '불량품'으로 남는다. 늑대인지 사람인지 모호한 주인공들은 사람과 짐승의 경계에서 '불구'인 '병신'으로 살아간다.

결국 「늑대는 눈알부터 자란다」는 존재와 삶의 근본적인 '부조리'에 대해 말하고 있다. 이 작품은 그러한 부조리(불구성), 부조화, 소통 불가, 혼란, 괴리 등이 우리의 삶에 산재해 있고 악순환은 끊임없이 되풀이된다고 말하고 있는 것이다.

2

아들 늑대는 울음소리(우주)를 찾아 떠돌아다닌다. 이야기가 진행될수록 작품은 우리에게 익숙한 오이디푸스 설화를 뒤집어서 보여주는 화법을 유지해가며 이것이 불구적인 인간들에 대한 우화극임을 암시한다. 사이보그 경찰들과 짐승들의 공존은 독특한 블랙 유머를 형성한다.

이 작품에 드러나 있는 연민은 아이러니한 생의 구조에 깊이 천착한다. 끝도 없이 애증이 반복될 수밖에 없는 우리의 삶은 연민을 품지 않고서는 바라보기 힘들기 때문이다. 그러므로 울음소리는 아들의 멸종을 거부하는 의지이면서 생을 받아들이는 연민으로 작용하며 자신이 두고 온 팔을 찾는 행위로 보인다. 어머니 역시 표면적으로는 생계를 위해 덫에 걸린 짐승들을 박제로 만드는 박제사(울음소리를 파내는 행위)를 하고 있지만 자신이 놓은 덫에 연민의 구조가 촘촘하게 박혀 있음을 부정하면서도 깨달아가는 인물이다.

아들은 울음소리 자체를 자신의 존재 증명으로 삼고 살아가다가 작품의 끝에 가서 자신이 자궁 내에 두고 온 팔에 대한 의미를 어머니에게 남긴다. 어머니가 아들과 자신의 울음소리가 같음을 인식하면서 주제는 굴절된다.

생계 해결의 임계점에서 어머니는 아들의 발을 도끼로 내리쳐 상해를 입힌 후 '자해공갈단'으로 한몫 챙기고자 한다. 도끼를 들이대는 익살스러운 어머니의 표정에는 아들을 팔아 삶을 유지하고자 하는 비정한 엄마의 모습이 담겨 있지만 현재를 소모시켜 배고픔을 해결하려는 삶에 대한 억척스러움과도 닿아 있다. 아들은 매번 그것을 움찔 피하고 말지만 아들과 어머니는 그런 처참한 삶 자체를 수용할 수밖에 없는 존재들인 것이다. 아버지는 공장에서 자신의 발가락을 기계에 절단하여 보상금을 타내는 것으로 가족의 삶에 자신을 투신했지만 악착같은 삶을 통해 아들을 존재 그 자체로서 용인하는, 그런 대안 없는 현실의 긍정은 어머니의 몫이었던 것이다.

3

연극 안에서 제도를 상징하는 것은 바로 아버지이다. 우리는 그 제도 안에서 박제되어 살아가고 있지만 그들이 본연의 말을 할 수 있는 것은 오로지 울음소리밖에 없다. 그래서 이 대본에서 청각적인 부분의 상상력은 매우 중요하다. 아들 늑대가 사냥디의 주인 밑에서 사냥감을 물어오는, 임시적 일자리에서 몰래 훔쳐온 동물의 시체는 아들이 내놓은 불투명한 현실에 대한 희망적인 대안의 제시이지만 사실 제 아버지의 주검이라는 역설을 통해 드러난다. 아버지는 이들 앞에 나타나지 않는 떠돌이였다. 어머니는 눈이 멀어 삶의 터전에 고착된 존재이다. 그런 어머니의 젖을 빠는 아들의 모습은 그가 단순히 유아기에 고착되어 있는 것이 아니라 '부성의 죽음과 모성의 회귀'라는 이중의 아이러니를 가진다.

아들을 잡으러 들이닥친 경찰은 이들의 바깥에 엄연히 '사회'라는 질서가 존재하고 있음을 암시한다. 핵전쟁 이후 금지된 언어와 책의 사용을 막으려는 경찰의 존재는 이들의 생태계가 법과 질서 이전의 대조적 지점으로서 작용함을 강조한다. 아들이 찾아나섰던 바람결을 맴돌던 울음소리는 그래서 야생의 날것, 동시에 생동하는 우주적 공간에 대한 인간의 근원적인 허구와 열망인 것이다.

아들이 데려온 여자는 아들의 아이를 뱃속에 담고 있다. 임신한 몸의 여자(쥐)는 상스런 말투로 시어머니에게 돈을 요구할 뿐 남편이나 자기 뱃속의 자식에 대한 애정이 없어 보인다. 반면 어머니는 뱃속의 아들은 자신의 우주라고 여기며 이를 지키려는 집착을 보이는데 이는 종족 유지의 본능일 뿐 아니라 이 작품이 갖는 희미한 희망처럼 보인다. 모태의 아이가 숨쉬는 공간은 가혹한 현실 너머의 대안과 가능성의 질서를 희망으로 보고 있기 때문이다. 한편 잃어버린 아들의 두 팔은 마지막에 결국 획득할 수밖에 없는 것이 되는데, 사냥꾼의 총구는 마지막에 이들을 겨냥한다.

현실 너머의 이상적 공간을 쫓는 아들, 결국 박제가 아닌 자신의 눈알을 파낸 어미, 이들의 눈빛은 희망의 자리에서 엷다. 결국 늑대의 삶을 통한 이 이야기는 인간의 삶을 상징적으로 현재화하고 있는 것이다.

著者略歴 ◎ 金經株 (キム・ギョンジュ)

1976年、全羅南道光州生まれ。西江大学校哲学科を卒業し、韓国芸術総合学校音楽劇創作科の大学院課程を修了した。2003年、ソウル新聞新春文芸に詩が当選して文壇デビュー。その後、数年間はゴースト・ライターとして活動し、エロ小説作家、コピーライター、独立映画会社などの職業を経て、様々なジャンルの文を書いてきた。現在 韓国詩壇で最も注目される若手詩人の一人で、「現代詩を率いる若き詩人」「最も注目すべき若手詩人」に選定された。 2006年、第一詩集『私はこの世界にない季節である』を出版し、純文学としては珍しく30刷以上売れて、大衆と文学界に新鮮な衝撃を与えた。この詩集は、「韓国文学の祝福であり、呪いである」「韓国語で書かれた最も重要な詩集」などという評価と共に、「未来派」という新しい文学運動を起こして注目を浴びた。現在、自分のスタジオ「flying airport」で詩劇実験運動をしながら、演劇・音楽・映画・美術など様々なジャンルを手がけながら、全方位的な作業を拡張している。「2009、世界テルピック大会(文化芸術オリンピック)」に国家代表として選出され、言語芸術詩劇部門最終審査まで進出した。これらの作品は、アメリカ、フランス、メキシコなどで翻訳されている。著書として、詩集『奇談』 『時差の目を宥める』 『鯨と水蒸気』などがあり、エッセイ集『パスポート』 『密語』 『パルプ・劇場』 『寝ていて、そばにいるから』などと、戯曲集『鰯マスクレプリカ』など、多数がある。詩作文学賞、今日の若い芸術家賞、金洙暎（キム・スヨン）文学賞などを受賞した。
この本に掲載された戯曲「オオカミは目玉から育つ」は、韓国文学史では絶滅してしまった詩と劇の原型的結合を続けて作業してきた金經株詩人の最初の戯曲作品で、核戦争以降、未来世界で生き残ったオオカミ人間たちが野生の鳴き声(野聲)を回復する過程を通じて、人間存在の本質的世界観を詩劇の形を通じて、寓話的に、そして不条理に表現した作品である。この作品は、演劇実験室「恵化洞1番地」を通じて、2006年の初演以降、「独特で魅惑的な想像力」という評とともに続けて公演されている。

訳者略歴 ◎ 韓成禮(ハン・ソンレ)

1955年、韓国全羅北道井邑生まれ。世宗大学日語日文学科卒業。同大学政策科学大学院国際地域学科日本専攻修士卒業。1986年、「詩と意識」新人賞受賞で文壇デビュー。詩集に、韓国語詩集『実験室の美人』と、日本語詩集『柿色のチマ裾の空は』 『光のドラマ』など。許蘭雪軒文学賞、詩と創造賞(日本)受賞。
翻訳書に、小池昌代詩集『悲鳴』、田原詩集『石の記憶』、スウェーデン人ラーシュ・ヴァリエ(Lars Varg⊠)俳句集『冬の月』などを韓国語で、鄭浩承詩集『ソウルのイエス』、朴柱澤詩集『時間の瞳孔』、安度⊠詩集『氷蟬』などを日本語で翻訳するなど日韓の間で多数の詩集を翻訳し、辻井喬の『彷徨の季節の中で』、村上龍の『限りなく透明に近いブルー』、宮沢賢治の『銀河鉄道の夜』、丸山健二の『月に泣く』、東野圭吾の『白銀ジャック』ほか韓国語翻訳書多数。
現在、世宗サイバー大學兼任教授。

オオカミは
目玉から育つ

金經株(キム・ギョンジュ)作
韓成禮(ハン・ソンレ)訳

この劇では、

人がオオカミのように見えるかも知れないし、

そうではないかも知れない。

登場人物

母親

息子

警官1、2

女

子供のオオカミ1、2<ぬいぐるみ>

空間

暗い森の中、
枯れた木の根の中
真っ暗だ
あちこち根がたくさん伸び出ている

ぽたぽた

水滴が
落ちる

天井にぶら下がったコウモリたち
口をあける
ヨダレが垂れる
ぽたぽた

窓の外は
暗くて水っぽい木に
肝臓が
ふさふさと
ぶら下がっている

壁には
鉤に掛けられた
剥製たち
実験器具
ビーカーに浸した内蔵
血の付いたキャビネット

精肉店のようだ
実験室のようだ

ぽたぽた

誰かが
うろつきながら
外で
取っ手を
放したり
掴んだり

水滴の音

ぽたぽた

第一章

母親、皮の手袋をはめて座り、精肉店用エプロンを着たまま剥製を作っている。綿の塊、鉄格子、革などが、冷蔵庫とテレビの近くに積まれている。
息子が両袖のだぶだぶと垂れ下がった洋服を着たまま<両腕のないことが強調して見えるように大きくてだぶだぶであるほど良い>元気なく登場する。
息子、母親の尻の穴に頭を突きつけながら鼻をひくひくさせる。

母親　　　　あら、坊や。
　　　　　　　お前が家に何の用なの。

息子　　　　チクショウ。
　　　　　　　何となくまた来ちゃったんだ。

母親　　　　だからって電話も掛けずに
　　　　　　　突然やってくるなんて、いったい何のつもり?
　　　　　　　彼氏でも来てたら
　　　　　　　大変だったじゃないの。

息子　　　　電話する金なんか無かったよ。

母親　　　　今回も私の首を絞めて
　　　　　　　お金を奪って逃げるつもりなら、
　　　　　　　あきらめたほうがいいわ。
　　　　　　　私はもう
　　　　　　　一文なしだからね。

　　　　　　　<間>

母親　　　　どうやってここを見つけたの?

息子　　　　母さんのくその臭いがしたもんで、
　　　　　　　もしかしたらと思って入ってみたんだ。
　　　　　　　僕はどこでも

母さんの漏らした臭いは
うまく嗅ぐじゃないか。

　　　　　　　　　　<間>

母親　　　　　　口を開いたまま、
　　　　　　　　私がガリガリに痩せて
　　　　　　　　死んでいるとでも思ったの?
　　　　　　　　まるでそれを確認しようと
　　　　　　　　やって来た表情ね。
　　　　　　　　訪ねてくるなんてひどい。

母親　　　　　　<息子の体を一回り眺めながら>
　　　　　　　　あら、坊や。
　　　　　　　　その腕はどうしたの。

息子、揺り椅子を揺らす。

息子　　　　　　ただの事故だよ。

母親　　　　　　事故だって?
　　　　　　　　どういうことなの。
　　　　　　　　話してごらん。ワナでも踏んだの?

息子　　　　　　よく知ってるくせに。

息子、揺り椅子を揺らす。

母親　　　　　　そうよ!あれはただの事故だったの。
　　　　　　　　私がお前を身ごもった時、

あれさえ食べなかったら…。

息子　　　　またその話かよ。母さん、もうその話は
　　　　　　やめてくれよ。

母親　　　　坊や。
　　　　　　私たち、2年ぶりに会ったんじゃない。

息子　　　　つわりの時の話が
　　　　　　したいんじゃないか。

母親　　　　そう、つわりの話!
　　　　　　父さんの取り寄せた
　　　　　　あのマムシを
　　　　　　食べるんじゃなかった。

息子　　　　つわり中に
　　　　　　生きた蛇を食べたいと言ったのは、
　　　　　　たぶんこの世界で
　　　　　　母さんだけだと思う。
　　　　　　父さんは母さんに
　　　　　　とっても青い鳥を
　　　　　　食べさせたがっていたのに。

母親　　　　私は本当に知らなかったの。
　　　　　　私のお腹の中で
　　　　　　あのマムシの子が
　　　　　　自分の母親の体を破って出てきて
　　　　　　お前の腕を
　　　　　　食いちぎるなんて……。

息子　　　　母さん、何度言わせるつもりなんだ。
　　　　　　それはただの母さんの
　　　　　　思い込みだって。

母親　　　　怖かったでしょう。

私は夜毎に、お腹の中で
歯ぎしりしながら寝ている
蛇を感じてた。

息子　　　　それは母さんの悪夢だった。
僕もお腹の中で
いっしょに悪夢を見たんだと思う。

母親　　　　坊や。
私はその日、
私の体の中でお前が悲鳴をあげるのを
はっきり聞いたの。

息子　　　　僕は怖くて
そのマムシの前で
一言も言えなかったんだ。

母親　　　　私は覚えてる。
お前は私のお腹の中で
一日に二回あくびをして、
三回おしっこをした。
夜から
明け方までは
10秒おきに
泣く練習をしてた。

息子　　　　実はあまりに
古い話で
よく覚えてないや。

母親　　　　そうね。
そこはとても暗かった、真っ暗だったと思う。
私ももうそこにいた時の
記憶は無いから。
けれど暗いお腹の中よりは
外の世界のほうがまだましよ。

お前はそこにいた時、
小さな拳で
外をしきりに叩いてた。
私は恥ずかしくて
森を歩きまわることさえ
できないくらいだったわ。

<沈黙>

でもお前の父さんは
私のお腹の中で
鳥が飛び回ってるって
喜んでたわ。

息子、いきなり仏頂面になる
家の中にある剥製を見回しながら、

息子　　　　今も
　　　　　　　死んだ獣を拾ってくるの?

母親　　　　そうだったらどんなにいいかしら。
　　　　　　　全滅でもしたのか
　　　　　　　全く見かけない。
　　　　　　　車に轢かれたり、
　　　　　　　罠にかかって死んだ獣すら
　　　　　　　見当らないの。
　　　　　　　尻の穴が
　　　　　　　干上がるほどなのよ。
　　　　　　　こんなに空腹をかかえて
　　　　　　　生きるよりは
　　　　　　　剥製になった方がましだわ。

息子　　　　そうだね。
　　　　　　　僕もむしろ剥製になったら良かった。

母親	\<情けなさそうに見つめながら\>
	剥製だったら
	外に出して
	売るくらいできるのにね。

母親	\<息子にちらりと視線を向けて\>
	ご飯はちゃんと食べてるの?

息子、首を横に振る

息子	母さん、
	目玉がいくつも
	にらんでるみたいだ。

母親	私は剥製をつくるとき、
	まず一番先に目玉をえぐりとるの。
	すごく気分が悪いのよ。
	それはお前の目玉を
	見る度に
	私が思うことでもあるのよ。

息子	腐ったりはしないのか?

母親	ちゃんと防腐処理をするから。
	内蔵を
	一切れも残さずに
	えぐりとった後で
	綿を入れてやるの。\<笑いながら\>
	たぶん生きている時より
	中がもっと温かくて
	ふんわりするわ。

息子	腐ってるよ。

母親	剥製は腐らないわ。 絶対に。
息子	吠えたりもしないな。
母親	剥製が吠えたら、 どれだけ 恐ろしいか。
息子	だよね。 剥製だって 運命から逃れることはできないよ。 僕の腕は まだ剥製になってないだろ? どこにあるだい?
母親	また お前の腕の話をするつもりなのね。 お前の腕はここにはないの。
息子	僕の腕はここにあるよ。
母親	バカ言いなさい。 一年ぶりに帰ってきて 言うことは それしかないの。 私の中にいる お前にちっとも 似てない女が お前を訴えるかもしれないわよ。
息子	僕の両腕を 取りに来ました。
母親	腕の話だったら もうよしなさい。

　　　　　　　そんなもの
　　　　　　　ここにはないわ。

息子　　　腕はここにあるよ。
　　　　　　　ここ。

コップの水を、息子の顔にかける。

母親　　　よしなさいってば。

息子　　　よく聞いてみなよ。
　　　　　　　音が聞こえるんだ。
　　　　　　　聞こえますか?
母親　　　お願いだから
　　　　　　　本当にやめて!

「チューチュー。チューチュー。チューチュー。」

母親　　　やだ、ネズミね。
　　　　　　　四方八方
　　　　　　　ネズミがうじゃうじゃ。
　　　　　　　あまりに
　　　　　　　繁殖力がよくてね、
　　　　　　　罠を仕掛けておかなきゃね。
　　　　　　　私はネズミが嫌い。大嫌い。

母親、ネズミ取りをあちこちに設ける。
息子、落ち着きなくあちこち歩きまわる。

　　　　　　　<間>

母親	これまで
	髪の毛がずいぶん伸びたわね。
	こっちに来て
	座ってごらん。

息子	やだよ。
	自然に
	順応しようとすれば
	本来の保護色が必要なんだ。

母親	こっち来て座りなさい。
	ハヤク!

息子、揺り椅子の方へ行ってどっと座り込む。
母親、ハサミを持って髪の毛を切りながら、
誤って息子の耳を切る。

息子	牙をむいて> クーン。

母親	お前はまだ若くて
	野生が残っているから
	どこででも
	自分を表現する時には
	鋭い牙を
	見せてあげなさい。
	けれど
	それが主人を
	噛むこともあり得るって
	思わせてはいけないわ。
	おとなしくしていたほうがいい。
	誰でも
	裏切り者を簡単に
	許せる人はなかなかいないからね。
	お前を受け入れるということは

そう、そう。
かなり
実、験、的なのかもしれない。

息子　　　　やだ。やりたくない!
母親　　　　そう?

また、反対側の耳に傷をつける。

息子　　　　クーン!

母親　　　　ごめんね。
耳がじゃまなのよ。
この耳さえなけりゃ
散髪は本当に簡単なのに。

息子　　　　母さん!

母親　　　　わかったわ。
気をつけるから。
<注意深くハサミを入れる>
今回は、
どんな女に会ったから
こんなに長くかかったの?

息子　　　　目の見えない女だったよ。

母親　　　　盲人っていうこと?

息子　　　　そうさ。
その女の前で
ズボンを下ろしたんだ。
そして僕のモノを
触ってみろって言ったんだ。

母親、ハサミで何かを切るまねをして微笑む。

母親　　　　　まさか
　　　　　　　その女に
　　　　　　　あげちゃったんじゃないの?

息子　　　　　いや。
　　　　　　　あげなかったよ。

母親　　　　　よかった。
　　　　　　　大事に守ってきたもんなのに
　　　　　　　街の女にやるくらいなら
　　　　　　　私にちょうだい。

　　　　　　　<間>

　　　　　　　さて……
　　　　　　　女はどんな女なの?
　　　　　　　目の見えないくらいは
　　　　　　　別に問題にもならないわ。
　　　　　　　キスは
　　　　　　　してみた?

息子　　　　　誰かの口の中に
　　　　　　　舌を入れてみたのは
　　　　　　　初めてだったよ。

母親　　　　　<笑いながら>
　　　　　　　私は違うわ。

息子　　　　　女の故郷に
　　　　　　　挨拶しに行ってきたよ。
　　　　　　　ところがね、
　　　　　　　家族全員が
　　　　　　　目が見えないんだ。

母親	本当?
	素敵なお前の顔を
	誰も見られなかったのね。
	まあ、お前の姿を見たら
	気を失ったかもね。

息子	テレビを見ていて
	僕が現れたから
	手探りで壁にそって
	僕の方に
	近付いてきたよ。

母親	そうなの。

息子	一人ずつ僕の顔を
	ずい分の間しきりに
	いじくりまわしてたよ。
	上座を譲りながら
	気楽に座りなさいとも言われたよ。
	それから
	両手を差し出して
	私に丁寧に
	握手を求めたんだ。

母親	なんて優しい人たちなの。
	きっと手をあつく握って
	茨の人生を
	くぐり抜ける方法を
	教えてくれたと思うわ。

息子	母さん!
	僕は一度も
	握手をしたことがないよ。

母親	そうね。

お前は握手したことがないわ。
だとしても
礼儀をつくせないっていうことじゃないでしょ。
それでどうしたの?

息子　　　　　<椅子に座ったまま2本の脚を上げ>
2本の脚を上げて
彼らの手の上に
丁寧に載せたんだ。

2本の脚を手で受けて

母親　　　　　よくやったじゃないの。
脚だの手だの
私たちには同じだわ。

息子　　　　　僕の脚を
床にそっと
下ろした後、
私の手を一回
握りたいと
言ったんだ。

母親　　　　　そうね。
仲の良い家庭は
お互いによく手を
握り合うって言うわ。

息子　　　　　<脚を上げながら>
うん、僕もそうしたよ。
それで
二回目も2本の足を
掌に
丁寧に載せたんだ。

2本の足を受けながら

母親	丁寧に?
息子	うん。 別れなさいって言われたんだ。 今すぐ この家から 出ていけとも言われたんだ。
母親	出て行けだって? いったい何の話? 初対面のお前に そういう対応をするなんて。
息子	自分の娘には 涙を拭いてくれる 男が 必要だって言ってたよ。
母親	不良ども! それでお前はどうしたの?
息子	すでに 十分に2本の脚で 拭いてあげてるって言ってやったよ。
母親	必要なら 今すぐにでも 見せることが 出来るって言えばよかったのに。
息子	あっ! そこまでは思い付かなかった。 やっぱり僕は

母さんに比べたら
まだその足元にも及ばないね。

母親　　　バカ。
で、今回も
振られたわけ?

息子　　　二人で暮らしながら
苦しいときに
どうやって乗り越えるのかって
聞かれたんだ。

母親　　　ゆっくり考えて
メールとか手紙で
答えますって
言えばよかったのに。

息子　　　今すぐに
答えろって言ったんだよ。

母親　　　立派に
答えるべきだったのに。

息子　　　僕が、
泣く時は
涙を
流してないって
彼女に言うつもりです。
彼女が
泣く時は、
涙が見えないって
言うつもりです。
こう言ったんだ。

母親　　　立派だけど
お前を婿に貰ったら

その人たちはきっと
死んでも
目を閉じることもできないわ。

<間>

母親　　　そう。結局、分かれたのね。
　　　　　　両腕がないせいで?

息子　　　そういうことだろうね。

母親　　　何事もそう簡単に
　　　　　　諦めてしまうから問題なのよ。
　　　　　　最後まで彼らの脚でも掴んで
　　　　　　泣き付いたらよかったのに。

息子　　　母さん
　　　　　　僕はそんなこと母さんから
　　　　　　教わったことないけど。

母親　　　本当に融通が利かないんだから。
　　　　　　次からは必要なら
　　　　　　足が手になるほどすがりなさい。
　　　　　　そんな弱虫だったら、
　　　　　　どこでご飯を食べさせてもらえるの。

息子　　　これからはご飯を
　　　　　　食べさせてもらえなくても
　　　　　　涙を流さない女に
　　　　　　会ったほうがいいさ。

母親　　　涙を流さない女なんていないわよ。

息子　　　それじゃ自分で涙を

　　　　　　　　　拭ける
　　　　　　　　　女に会います。

母親　　　　　そんな女は
　　　　　　　　　お前みたいな障害者を
　　　　　　　　　好きになるはずがないわ。

息子　　　　　障害者?　そうさ。母さん!
　　　　　　　　　でも僕があの家を
　　　　　　　　　出る前に足の爪を上げたら
　　　　　　　　　皆、涙を流したんだ。

母親、水汲みの水をもう一杯飲んで、テレビのリモコンボタンを押す。

母親　　　　　テレビドラマを
　　　　　　　　　また見始めたんだろ。

息子　　　　　壁の隅っこに
　　　　　　　　　集まったんだ。
　　　　　　　　　ウジムシみたいにね。

母親　　　　　お前の声はどうだったの?

息子　　　　　僕はしきりに唸ってたよ。

リモコンを投げて

母親　　　　　坊や、私を抱いておくれ。

母親、息子を堅く抱きしめる

母親	もっと強く。
息子	いきなりどうしたの？ 母さん!
母親	<笑いながら> そう。その人たちの涙は 拭いてあげてから出てきたの?
息子	当たり前だよ。 皆片方に座るように言ってから 2本の脚で拭いてあげたよ。
母親	よくやったわ。坊や。 お前が誰か分からなかったとしても 確実に殺すべきだった。ちゃんと処理したの?
息子	まだ牙に血がついてるかな?
母親	アーしてごらん。

息子、口を開ける。

息子	アー。
母親	三番目の牙に肉が少し付いてる。 残りはどうしたの?
息子	近所の犬たちに 投げてやったよ。
母親	よくやったわ。坊や。

息子を引き寄せて抱く。息子、いきなり仏頂面になる。

母親	どうしたの?　坊や。

息子	何でもないよ。 歩き回りながら 生ものばかり食って 頭が痛いんだ。

母親	<水を飲ませながら> 水で口をすすぎなさい。

息子、口の中を濯ぐ。
息子、ばたんと床に横になる。
母親、冷凍庫から札束を取り出して床に隠し
水を出してもう一杯息子に飲ませる。
しばらくして息子、母の様子を探り始める。

母親	坊や。 お前もこれからはもううろつかないで 家のことを少し 手伝うときが来たんじゃないの?

息子	僕の体を見てくれよ。 こんな体で何ができるんだよ。

母親	お前の体がどうだって言うの。 たかが腕が2本ないだけじゃないの。 それ以外は 全部正常よ。 やたらに落胆しちゃだめよ。 世の中で口だけでできる。 仕事はいくらでもあるわ。

息子	僕は詐欺師にはなれないよ。 この前みたいに、すぐばれちゃうから。

母親、工具箱から金槌を取ってきて

母親　　　　練習が足りないせいよ。
　　　　　　　この前のように練習の途中で
　　　　　　　逃げさえしなければいいのよ。
　　　　　　　腕がなければ
　　　　　　　口ででも生きないと。

息子　　　　母さん……。

母親　　　　何?

息子　　　　僕はもう何もしないつもりだよ。

母親　　　　何を言っているの。
　　　　　　　青天の霹靂だわ。
　　　　　　　母さんを飢え死にさせるつもりなの?
　　　　　　　自分の体を害して恐喝するのって
　　　　　　　そんなに悪いことじゃないわよ。
　　　　　　　お前みたいな障害者を車で跳ねたら
　　　　　　　人々は同情するものよ。
　　　　　　　お前は車に当たってから
　　　　　　　苦しがり
　　　　　　　後で駆け引きすればいいんだから。
　　　　　　　病院のベッドに横になってね。
　　　　　　　足の指で
　　　　　　　お金を数えられるんだ。

息子、岩の上に足の指を上げる。
金槌で打ち下ろす瞬間、さっと足を抜く息子。

息子　　　　ちょっと待った!

母親	何でよ?

息子	本当に足の指でお金を数えられるかな。

母親	お札に唾をつけさえすれば 簡単よ。

息子、岩の上に足の指を上げる。
金槌で打ち下ろす瞬間、さっと足を抜く息子。
金槌を投げる母親。

息子	この前、金は 十分にせびり取ったじゃないか。

母親	それは2年前に全部使っちゃったのよ。

息子	サーカス団で 口でボールを転がして 送ってあげたお金は?

母親	それはお前と サーカス団の見物に行って 全部使ったじゃないの。

息子	工場で 電球を口で運んで 送ってあげたお金は?

母親	それは家中の電球の はめ替えに使ったわ。

息子	母さん。 両腕なしで できる仕事って

そんなに多くないよ。

母親　　　　　口の利き方が
　　　　　　　若い頃のお前の父さんと
　　　　　　　同じね。
　　　　　　　そっくりよ。
　　　　　　　女の尻の穴ばかり追いかけてね
　　　　　　　一生乞食になる運命だわ。

息子　　　　　僕に父さんがいるの?

母親　　　　　父親のいない人間はいない。
　　　　　　　あの山の中で
　　　　　　　うろついてるのが
　　　　　　　お前の父さんよ。

息子　　　　　<窓の外を眺めながら>
　　　　　　　見えないよ。

母親　　　　　父さんは
　　　　　　　いつも森の中をうろうろしてるの。

息子　　　　　父さんは夢想家なのかな?

母親　　　　　父さんは詩人よ。知らなかったの?

息子　　　　　母さん。
　　　　　　　僕は父さんに
　　　　　　　一度も会ったことないんだ。

母親　　　　　夜になったら丘に登って
　　　　　　　尻の穴を持ち上げて
　　　　　　　喉をからして
　　　　　　　鳴くはずよ。

息子　　　　　幽霊みたいに?

母親　　　　この世が懐かしくて
　　　　　　泣くものたちが
　　　　　　幽霊ならば
　　　　　　そうなのかもね。

息子は窓から外を眺めてしばらく泣き続ける。

母親　　　　何してるの。止めなさい！　今すぐ!
　　　　　　獣が家の中で泣くなんて。
　　　　　　笑いものじゃないの。恥も知らずに!

息子、からから笑いながら

息子　　　　父さんも
　　　　　　母さんの尻の穴を
　　　　　　嗅いだのかい?

母親　　　　<微笑んで>
　　　　　　お前の父さんも
　　　　　　私の尻の穴を嗅いだわ。

息子　　　　父さんがそんなことをしたなんて
　　　　　　信じられない。

母親　　　　私たちは寂しいっていう印として
　　　　　　お互いに尻の穴を広げて
　　　　　　見せ合ったの。

息子　　　　母さん、
　　　　　　おかしくて
　　　　　　たまらないよ。

母親	私は19の時、家出をしてね、
	行く所がなかった。
	森の中で寝ていると、
	お前の父さんが近付いてきて、
	私の尻の穴に鼻を押し付けて
	ひくひくさせたのよ。
	それから
	私の耳に
	こう囁いたの。
息子	へえ。何って言ったのさ。
母親	一緒に… 暮らそうって……。
息子	騙されたわけなんだ。
母親	お前の父さんは寂しそうに見えたわ。
	毎晩、私のところに来て
	私の尻の穴を
	しきりになめたわ。
息子	ケダモノ!
母親	もともと獣たちって
	寂しいと
	お互いに尻の穴を
	見せ合うものなのよ。
息子	それくらいは
	僕も今は
	用を足しながらも
	分かるもんだよ。
母親	お前も外を歩き回って
	尻の穴で
	息をする方法を少しは習ったのね。

息子　　　それからどうしたの?

母親　　　私たちは結局
同じ場所で用を足すようになったわ。
一緒に暮らすということは
同じ場所で
用を足そうってことなの。
それからお前と妹たちを
ここまで銜えて運ぶのに
ちょうど30年間
私たちは一生懸命唾を流したの。

　　　　　　<沈黙>

その間に
お前の父さんは
私たちを食べさせるために
干し肉工場で、足の指が
9つも
切断されたのよ。

息子　　　一年に一つずつ!

母親　　　そう。時には半年に一つずつだった。

息子　　　母さんのアイデアだったんじゃないの。
産災保険金目当てに
父さんが機械にすすんで足を
入れるように
したんじゃない?
それは今考えても
すごい計画だったよ。

母親、お尻を振りながら、喜ぶ。

母親	そうよ。 そうしなかったら 私たちはみんな 飢え死にしたはずよ。
息子	母さん。 ところで僕はどうすればいいんだ。 両腕なしで生まれたから 家族のために 何の役にも立たないと思う。
母親	よく考えてみれば お前に出来ることが 必ずあるはず。
息子	悪いことでも 考えなきゃだめだな。
母親	そう。陰謀とかね。 でも お前の陰謀で お前が死ぬかもしれないのが 人生なのよ。
息子	どういう意味?
母親	お前の父さんが 家を出る前に 私の口に 銜えさせた メモに書いてある。
息子	父さんが?
母親	そう。 お前の父さんは

訳のわからない言葉だけを残して
家を出ちゃったの。

息子　　　　どうして?

母親　　　　食べていくのも大変なのに
家に障害者を
二人もおくなんて出来ないじゃない?

息子　　　　<自分の腕を眺める>
……。

母親　　　　……。

息子　　　　だからどうして僕を誘拐したんだ?

母親　　　　誘拐だなんて?
無茶苦茶言わないで。
自分の子を誘拐する
母親がどこにいるの?

息子　　　　僕は誘拐されたんだ。
母さんが
この世に僕を誘拐したんだ。
かえって
お腹の中にいる時の方が
マシだった。

母親　　　　<腹を立てて>
私はそんなことした覚えはないわ。
そしてお前を産まなかったら
お前はただ
私の血になったはずよ。
小便と一緒に
ダラダラと脚に
流れ出て

捨てられただろうに。

息子　　　　広げた脚に流れて
　　　　　　下水に流れて行っただろうさ。
　　　　　　でもいい旅だったろう……。

　　　　　　<間>

　　　　　　けれどもどうせ
　　　　　　障害を持って生まれたんじゃないか。
　　　　　　<自分の体を見ながら>
　　　　　　こんな体で。

母親　　　　いっそのこと
　　　　　　私を殺してくれって
　　　　　　生まれてすぐに
　　　　　　言えばよかったのに。
　　　　　　生活が苦しくても
　　　　　　産んでやったのに
　　　　　　いまさら
　　　　　　やって来て言うことといったら
　　　　　　お前のような恩知らずとは
　　　　　　これ以上
　　　　　　電話で話したくないわ。

息子　　　　母さん!
　　　　　　僕は今母さんの目の前で
　　　　　　話してるんだよ!

母親　　　　ごめん。ごめん。
　　　　　　私はますます気がおかしくなっていくみたいだわ。
　　　　　　誰かと話をしたのが
　　　　　　数年ぶりだから仕方ないわ。
　　　　　　これはみんな貧しいからよ。
　　　　　　卑しくなったからだわ。

息子	僕の年俸から使ってよ!

母親	お前の年俸なんてどこにあるの? 就職もした事が無いくせに。

息子	あっ、ごめん。ごめん。数年ぶりに 人間のマネをして、頭がおかしくなった。

母親	気をつけてよ、お前。獣は人間に向かって 歩けば最後には血を見るんだから。

ゆっくり歩いてゆき、冷蔵庫を足でドーンと蹴り

息子	チクショウ! 人間が獣の中に入ろうとしても入れないように。

母親が近づいて、息子の頬を軽くたたく

<間>

母親、赤いタライを引いて来て、自分の髪の毛を切り、毛を抜き、髭を剃り始める。

息子	髪の毛切るの?

母親	そうよ。時々こうすれば、自然に近くなる。 体を隠すにも良いし。

息子	くんくん。これは何の臭い?
母親	お前の妹たちが怖がって

床におしっこを漏らしたのかも。

息子　　　　　小便の臭いが
　　　　　　　すごいね。
　　　　　　　ブルブル震えていたあの盲目どものように。

母親　　　　　お前が噛み殺した
　　　　　　　人たちの話なの?
　　　　　　　その死体を捜すのに
　　　　　　　決して
　　　　　　　多くの時間はかからないわ。
　　　　　　　軍人や警官が
　　　　　　　ウジムシみたいに集まってくるわよ。
　　　　　　　お前は警官が怖いだろう?

息子　　　　　銃を持ってるからね。

母親　　　　　お前の牙の跡が残っているものを
　　　　　　　あの「中央」に送ったら
　　　　　　　お前は終身刑だわ。
　　　　　　　銃を持った人たちが
　　　　　　　お前を鉄格子に入れて
　　　　　　　監視するだろう。
　　　　　　　だから
　　　　　　　私を手伝ったほうがいいわよ。

息子　　　　　やだよ。

母親　　　　　<銃のマネをして>
　　　　　　　銃よ。
　　　　　　　ダーン、ダーン、ダーン。

息子　　　　　お願いだからその声、もう止めろよ。
　　　　　　　僕は銃声が嫌いなんだ。
　　　　　　　銃声が聞こえると、
　　　　　　　僕はまともじゃいられなくなるんだ。

<影絵芝居:鳥が飛んでいる。銃声が響くと虚空から墜落する。獣が走る。銃声が響くとヘナヘナと倒れる。乱舞する銃声>

分かったよ。母さんはいつも僕が逃げられないようにするんだ。
僕はまだまだ母さんにはかなわないよ。

母親　　　　世の中のどんな夜も
　　　　　　　銃声が
　　　　　　　完全に消えた夜はなかったわ。

息子　　　　泣き声もね。

鉄の鳥籠の中で子どもたちがうんうん唸っている。
母親が子供たちの世話をする。

母親　　　　こっちに来て挨拶して。
息子　　　　いいよ。
　　　　　　　またいくらも貰えずに
　　　　　　　養子に出すんだろ。

母親　　　　町に行って、相応の値段で分譲するの。
　　　　　　　今回は違うわ。
　　　　　　　ほら見て。
　　　　　　　瞳にすでに
　　　　　　　肉が付き始めてるじゃない。
　　　　　　　養子に出す頃には
　　　　　　　肉がふっくらと付くはずよ。

母親、近づいてオオカミのぬいぐるみを一つずつ持って、舌で舐めてやる。

息子　　　　家に食べ物もないくせに

どうして子どもを
あんなに産むの?

母親　　　　私はもう力がなくて
餌を自分で取って来る事ができないのよ。
この子たちが
私を養ってくれるはずよ。
そうしないで、こっちに来て
出て行く前に
手でも一度握ってあげて。

息子　　　　病気を再発させて失策でもやらかせば、
恐怖のせいですぐ死んじゃうよ。
俺は、ペットなんかには絶対にならないぜ!

母親　　　　<ぬりぐるみの耳を塞いで>
妹たちが聞くわよ。
そんなにしゃべり続けるなら
びんたを食らわすからね。

息子　　　　どうせ僕は手を握ることもできないじゃないか。

母親　　　　お前はひどく悲観的なのが問題ね。
お前の父さんが
ほっつき歩いた
宇宙に
ちっとも似てないわ。

息子　　　　宇宙だって?

母親　　　　私の宇宙に入ったら危ない。
父さんはそう言ったんだ。

息子　　　　どういう意味?

母親　　　　私もよく分からない。

オオカミは
目玉から
育つ

私には地球での生活も本当に難しいの。

息子　父さんはいつ来るの?

母親　お前の父さんはもう来ないわ。
街で誘拐されたから。

息子　母さん、誘拐は
子供がやられるもんだ。
誰が父さんを誘拐したんだ?

母親　私も知らない。
でも父さんよりもっと
大きくて強い
宇宙がやったと思うの。

息子　母さん。
僕の宇宙も毎晩うんうん唸りながら苦しんでるよ。

母親　その思いが今
気づいたものなら
すぐ消えるわよ。

息子　世のすべての葬式より前のことだよ。

母親　蛙の子は蛙だわ。
何を言ってるのか
さっぱりわからない。
それより、
お前も何か食べないと。
そうすれば、手伝うこともできるだろう。
これまで
ずい分、顔がやつれたじゃないの。

母親、子供たちを下ろす。

息子　　　　お乳でもちょっと飲ませて。

母親　　　　こっちにおいで。

息子　　　　<乳を飲んで、いきなり>
　　　　　　　　シッ!

遠くで猟犬たちの吠える声がする。

母親　　　　尾行されたんじゃない?　どうしよう。

母親、子たちを鉄格子に入れ、耳を澄ます。
猟犬の吠える声が次第に大きくなる。

息子　　　　チクショウ!
　　　　　　　　狩人たちが臭いを嗅いだみたいだ。
　　　　　　　　もう行かないと。

母親　　　　危ないわよ!
　　　　　　　　外は犬ばかりだわ。
　　　　　　　　互いに噛み千切りあって、死ぬわよ。
　　　　　　　　私は外に出ないから。

息子　　　　シッ!
　　　　　　　　ちょっと静かにしてよ。

母親　　　　やだ。やだ。
　　　　　　　　私は犬がいやだわ。ネズミもいやだわ。

猟犬の吠える声が次第に大きくなる。

<暗転>

第二章

2

オオカミの鳴き声。
暗い影　母親にお金を投げる。座ったままズボンを穿き、外に消えていく。
母親はズボンを半分ほど下ろしたまま股を広げて床に座り、鼻歌を歌いながらお金を数える。

母親　　　　　一万ウォン、二万ウォン、三万ウォン、
　　　　　　　<息子を見て>
　　　　　　　坊や!

息子　　　　　<口に銜えた大きなオオカミを床にトンと置いて無愛想に>
　　　　　　　ええ、母さん。

母親　　　　　お前?
　　　　　　　お前が家に何の用なの?

死んだオオカミを足でトントン蹴って押して、揺り椅子に座る。冷蔵庫を空ける。子供のオオカミの頭が入っている。息子、冷蔵庫に頭を打ちつけて臭いをかぐ。隅にはみ出した笑い顔の豚の頭一つが、床にドンと落ちる。

息子　　　　　チクショウ。
　　　　　　　どういうわけか、また来るようになったんだ。

椅子から立って豚の頭を拾い、冷蔵庫に押し入れる。

母親　　　　　それでも電話一本もなしに
　　　　　　　急にやってくるなんてどういうつもり?
　　　　　　　電話でもしてくれりゃ
　　　　　　　事前に戸締りしておいたのに。

息子　　　　　　ズボンを上げなよ。

母親、ズボンをさっと上げる。

母親　　　　　　シッ。

息子　　　　　　どうして?

母親　　　　　　静かにして!
　　　　　　　　この前みたいにお前のせいで
　　　　　　　　またここが
　　　　　　　　ばれるかもしれないじゃないか。

息子　　　　　　簡単にはあいつらの手に
　　　　　　　　捕まったりしないさ。
　　　　　　　　今までもそうだったから。

外を探るように見て

母親　　　　　　家の近くの電柱に
　　　　　　　　小便してから
　　　　　　　　来たんじゃないだろうね。
　　　　　　　　狩人はすぐに
　　　　　　　　小便の臭いを嗅いで
　　　　　　　　やってくるからね。

息子　　　　　　僕はどこででも
　　　　　　　　ズボンを下ろしたりしないよ。
　　　　　　　　母さんみたいに。

母親　　　　　　バカにしてるの?
　　　　　　　　私は人より少し

ズボンを下ろすのが多いだけよ。
お前のように場所に関係なく
下ろすのとは違うのよ。

息子　　　今日は追いかけて来れないよ。
一度も鳴かなかったから。

母親　　　良かったわ。さてと、これは何?

息子　　　何とは何だよ。お金になるやつさ。
冷蔵庫に入れておいてよ。

母親　　　お金だって?　どういうこと?
剥製を作って売れとでも言うの?

息子　　　僕は言われたとおりにしたんだ。
母さんが紹介してくれた
あそこでさ。

母親　　　アヒルの狩り場のこと?

息子　　　そうさ。今回は
本当に一生懸命働いたんだ。
主人が銃で
アヒルを撃ち落とせば
犬みたいに走っていって銜え、
主人の足元に運んだんだ。
主人たちがうなじや背中を
なでてくれるようになれば
食べ物をくれないとだめなんだ。
この地球上で
銃声を止めるように
僕は本当に熱心に仕事をしたんだ。

母親　　　本当に犬のようにしてやったのね。
主人は喜んだだろうね。

　　　　　　　　そのご褒美に休暇が取れたわけ?

息子　　　　逃げてきたんだ。

母親　　　　また主人を犬みたいに噛んだりしたの?

息子　　　　主人はいつも遅いと怒鳴ったんだ。
　　　　　　　　不良、不良って言いながら。
　　　　　　　　ある日には
　　　　　　　　僕を倉庫に閉じ込めて
　　　　　　　　水を一滴もくれなかったんだ。

母親　　　　うなじや背中を
　　　　　　　　なでてくれるって言ったじゃないの。

息子　　　　うなじを掴んで
　　　　　　　　僕を倉庫に投げ入れたんだ。

母親　　　　バカね!
　　　　　　　　だから私がペットになれって言ったじゃないの。
　　　　　　　　私の言うことも聞かないで。

息子　　　　僕は言うとおりにしたよ。
　　　　　　　　ただ適応できなかったんだ。
　　　　　　　　僕は不良品なのさ。

母親　　　　あのならず者ども。
　　　　　　　　あいつらが世間のことを
　　　　　　　　まだわかってないからなのよ。
　　　　　　　　それで逃げてきたの?

息子　　　　そういうことさ。
　　　　　　　　僕は倉庫に閉じ込められて
　　　　　　　　まともに
　　　　　　　　眠れなかったんだ。
　　　　　　　　毎晩どこかから聞こえてくる

オオカミは
目玉から
育つ

牙のぶつかるような音に
目が覚めたんだ。
起きてみると
それは僕の歯軋りの音だった。

母親　　　誰でも
自分の歯軋りの音で
一度は目が覚めたりするものよ。
お前がいない間
私もずい分苦労したのよ。
妹たちもみんな飢え死にしたんだ。
乳も出ないから、飲ませることも出来なかった。

息子　　　おかしな大人たちに
みんな飲ませたからだろ?

母親　　　恥ずかしいからやめて。
生きるためにやったことなんだから。

息子、周りを見まわした後

息子　　　偽の母乳を作って売るのはどうかな?
剥製よりはマシだと思うよ。
この頃は誰も剥製なんか欲しがらないよ。
みんな生きてるんだから。

母親　　　本当かい?
母乳をどうやって作るの?

息子　　　外に出てみなよ。
核戦争で
両親を失った子供たちが
街に溢れてるよ。
死んだ母親を

捜す可哀想な子供たち。
その口の中には母乳が
いっぱいだよ。
涙が枯れて疲れて
灰でいっぱいになった空を眺めて
子供たちが死んでいくときに
その子たちの口を指でこじ開けて
さじですくってくればいいんだ。

母親　　涙がこぼれる話ね。
だけどどうして
それが偽の母乳なの?

息子　　涙が半分だから。

母親　　比率が悪いよ。
やめよう、そんな話。

息子　　母さん。
放射能のせいで
もう子供はこれ以上
産めなくなったよ。
しばらく見ないうちに
お尻が
完全に垂れちゃったじゃないの。

母親　　すぐに
またパンパンになるわ。
私は希望を持ったから。

息子　　希望?

母親　　そうよ、希望。希望だよ。
人が
両手をいっぱいに広げて望むことなの。
眠りにつく前に

オオカミは
目玉から
育つ

それを思えば、自然と微笑むようになる。

息子　　　　難しいな。

母親　　　　お前はまだ若くてまだ
　　　　　　希望がわかる年じゃない。
　　　　　　もっと生きてみたらわかるわ。
　　　　　　希望は年を取るほど
　　　　　　良くなるの。

息子　　　　お金みたいなもんか。

母親　　　　まったく!
　　　　　　どうしてお前は父さんにちっとも似てないの?
　　　　　　お前の父さんは詩人だった。
　　　　　　お金なんかには関心もなかった。
　　　　　　理想がとても高い人だった。

　　　　　　お前の年の頃には父さんは
　　　　　　私を毎日泣かせたの。
　　　　　　もともと理想が高い人は
　　　　　　傍にいる人を
　　　　　　よく泣かせるものよ。<笑>

　　　　　　私は今になって悟った……
　　　　　　毎日泣きながら
　　　　　　お前の父さんの後をチョロチョロと追いかけた。

息子　　　　どうして?

母親　　　　私には理想を持つ人が
　　　　　　必要だったから。

息子　　　　僕は誰も
　　　　　　泣かせないつもりだよ。
母親　　　　理想をあきらめるって言う

話みたいに聞こえるんだけど。

息子　　　　僕は父さんの年に
　　　　　　何をすればいいの?

母親　　　　女を泣かせなきゃね。
息子　　　　僕は、僕と同じ泣き声を
　　　　　　出す女に会いたい。

母親　　　　正気じゃないわね。
　　　　　　それは理想的じゃない。
　　　　　　しっかりしてよ。
　　　　　　この厳しい世の中で
　　　　　　どうして丘に登って喉を鳴らし
　　　　　　鳴いてばかりで生きようとするのよ。
　　　　　　考え方を変えなさい。
　　　　　　考えを変えさえすれば、世の中が革新されるのよ。
　　　　　　鳴き声なんかは
　　　　　　死んだら
　　　　　　肉体と一緒に
　　　　　　消えちゃうのよ。

母親、鍋にお湯を沸かして冷蔵庫から取り出した肉を投げ入れる。

息子　　　　<床に唾を一度吐いてから足で踏み潰しながら>
　　　　　　母さん、僕はいつも
　　　　　　自分の血の回りを
　　　　　　うろついているんだ。

母親　　　　私と一緒にいたいということを
　　　　　　どうしてそんなに難しく言うの?

母親、シャモジで汁を一口飲んで、味加減を見るように首を振り

息子　　　　　ずいぶん長く
　　　　　　　ほっといたから
　　　　　　　味がおかしくなったみたいね。

母親　　　　　<少し躊躇ってから>
　　　　　　　また変なこと言うの?
　　　　　　　誰がそんなことを言ったのよ。
　　　　　　　外ばっかりうろつき回ってるから
　　　　　　　変なことに
　　　　　　　耳を貸すのよ。
　　　　　　　まあ、お前が来たから
　　　　　　　心配事は少し減るわね。
　　　　　　　どうやって生活していくか絶望的だったから。

息子　　　　　母さん。心配しないで。
　　　　　　　<床のオオカミをポンと蹴りながら>
　　　　　　　一応、僕たちにはこれがあるから。
　　　　　　　数日前から
　　　　　　　主人が意気込んでいたやつだよ。
　　　　　　　脅かそうと
　　　　　　　銃を撃ったのに逃げなかったんだ。
　　　　　　　僕が閉じ込められていた倉庫の近くまで来て
　　　　　　　夜毎、うろうろしてた。
　　　　　　　主人はこいつを捕まえようと
　　　　　　　倉庫から私を引き出して
　　　　　　　オトリにしたんだ。
　　　　　　　腹が減ったら
　　　　　　　小さなやつを捕まえて食べるだろうって言って
　　　　　　　僕の襟首をつかんで引き摺りながら
　　　　　　　狩に出かけたんだ。

母親、近寄って行って、オオカミをちらっと眺める。

母親　　　　　そういうわけで

主人が大切にしていた
そいつを盗んで来たのね。
剥製にして売れば
相当儲かるわ!

息子　　　　内臓には僕が
綿を詰める。
たぶん、生きていたときより
お腹が温かくて
ふかふかすると思う。

母親　　　　その前にお腹が空いたから
新鮮な内臓を食べよう。

息子、ヨダレを垂らす。

息子　　　　冷めないうちに。

母親　　　　たらふく食べよう。

母親、包丁を持つ。

息子　　　　駆けつけた時
銃で撃たれたのに
息がまだ少しあったんだ。
それで母さんから教わったとおりに
首を噛んで
息の根を止めた。
主人に認められる
最後の機会だったから。
目は見なかったんだ。
母さんの言うとおりにやったら

すぐ終わったよ。

母親　　　　そうよ。
　　　　　　　息の根を確実に止めておけば
　　　　　　　動けないから。

母親、近寄ってきて腹を裂こうと、包丁を持ちオオカミを仰向けにする。
じっくりと一度見る。

母親　　　　坊や。

息子　　　　はい。

母親　　　　ところで、剥製にするには
　　　　　　　床ずれが物凄くひどいわ。
　　　　　　　お腹を一度、ひっくり返して見せて。

息子　　　　お腹をどうして?

母親　　　　よく見たような
　　　　　　　尻の穴ね。

息子、椅子に座ったまま、足でオオカミのお腹を引っくり返す。
母親、オオカミを見て驚き、後ろに倒れる。

息子　　　　どうしたの?

母親　　　　坊や!　これは何てことなの。

息子　　　　何なのさ?

母親　　　　いや……。

息子	何なんだよ。
母親	坊や、それはお前の父さんよ。
息子	そんな馬鹿な! 母さん。 僕は父さんに一度も 会ったことがないよ。
母親	お前の目の前にいるのが まさにお前の父さんよ。
息子	父さんは いつも森の中を うろついてるって言ったじゃないか。
母親	それが まさにお前が殺した父さんよ。
息子	父さんは 尻の穴をひくひくさせながら 母さんのところに来るって言ったんだろ?
母親	それがまさに お前の殺した父さんだよ。
息子	母さん、 僕は父さんを 殺したりしてないよ。
母親	それは私も同じよ。 誰が父さんを殺したりするの? それで、父さんを 殺した気持ちはどうなの?

息子、戸惑っている。

息子　　　　　母さん、大変なことになったよ。
　　　　　　　僕が父さんを殺したんだ。
　　　　　　　警察に僕を連絡しなくちゃ。

母親　　　　　母さんを飢え死にするつもりなの?
　　　　　　　人に死ねって言う法はないわ。
　　　　　　　慌てないで
　　　　　　　方法を考えてみよう。

この時、ドアを開けて女が突然登場

女　　　　　　クソ!
　　　　　　　寒くてこれ以上
　　　　　　　待ってられないわ。
　　　　　　　口を開けたまま
　　　　　　　外でいつまで
　　　　　　　うずくまっていなきゃならないのよ。
　　　　　　　私を飢え死させるつもりなの?
　　　　　　　数分後には
　　　　　　　温く抱いてやるって
　　　　　　　言ったくせに。

女、部屋に入ってきて冷蔵庫のドアを開ける。冷蔵庫の中には剥製の頭。冷
蔵庫の中には食べ物がいっぱい。母を睨み、ドアをドーンと閉める。

母親　　　　　お前もあんな風に中に入りたいの? あの女は誰なの?

息子　　　　　僕が一緒に暮らそうって言った女だよ。
　　　　　　　僕たちは下水溝で出会ったんだ。

僕が寂しいと言ったら
股を広げてくれたんだ。

女　　　　寂しいなら
　　　　　私の中に入って。
　　　　　この中には
　　　　　世の中で最も深い
　　　　　虚空があるの。

母親　　　下品な女ね。
　　　　　股は沼なのよ。

息子　　　寂しいときは
　　　　　最も温かい沼なんだ。

母親　　　知ったような口を利かないで。
　　　　　かわいそうな子。
　　　　　道端で罠にかかって
　　　　　死んだ獣の方が
　　　　　お前よりマシだわ。

息子、女と抱き締め合う。

息子　　　母さんにご挨拶しなよ。

女　　　　こんにちは。お母さん。

母親　　　ネズミみたいな女ね、まったく。
　　　　　坊や、家にネズミのにおいがする。
　　　　　ネズミ捕りを仕掛けなきゃ。

母親、女の周りにネズミ捕りを仕掛け始める。

女	クソババア。
息子	止めてよ。母さん。
母親	家全体が ネズミの臭いでいっぱい。 いっぱいだわ。 船が沈没すれば ネズミもみんな逃げ出すって…。 どこから入ってきたのよ。
女	<ネズミ捕りを踏む> イタイ!
母親	捕まえた。
息子	お願いだから、止めてよ。
女	チクショー

息子、洗面器に水を入れてきて、舌で女の足を洗ってやる。

母親	そうなの? どこで一緒に暮らすつもりなの?
息子	ここだよ。 母さん、外が寒くてもうこれ以上 外に出ることもできないよ。
母親	頭でもおかしくなったの? ネズミと一緒には住めないわよ。 ここは寒くて狭くて臭いだけよ。 光も入らないし。

息子　　　　　　二人で住めば狭くないはずだよ。
　　　　　　　　前もそうだったから。
　　　　　　　　父さんを殺したんだから
　　　　　　　　礼儀上、僕がここに住むわけにはいかないよ。

母親　　　　　　そう、礼儀正しくしてよ。
　　　　　　　　私はもう
　　　　　　　　年老いて、餌を探す力もないのよ。

息子　　　　　　クソババア!

母親　　　　　　何よ!　母さんに対する言い方
　　　　　　　　それ何なの?

息子　　　　　　彼女が
　　　　　　　　母さんにはぜひそう
　　　　　　　　言ってほしいと言ったんだ。

母親　　　　　　何だって?　どうしてなのよ?

息子　　　　　　僕の子が
　　　　　　　　彼女のお腹で
　　　　　　　　成長しているんだから。

母親、彼女をにらみつける。

母親　　　　　　ネズミみたいな女め!

女　　　　　　　私は堕そうとしたのに、
　　　　　　　　彼が止めたんです。
　　　　　　　　チクショウ、私のお腹の中に
　　　　　　　　自分の宇宙が
　　　　　　　　波打っているとかなんとか。
　　　　　　　　前のように

オオカミは
目玉から
育つ

トイレにすてないようにって……。

息子　　　　あり得ないことだぜ!
　　　　　　　トイレに
　　　　　　　宇宙を捨てるわけにはいかない!

女　　　　　あなたの宇宙っていったい何なの!
　　　　　　　そんなに大事なの?

息子　　　　鳴き声だよ。

女　　　　　鳴き声なんか
　　　　　　　トイレットペーパーに包んで捨てりゃ
　　　　　　　誰も気づかない!

息子　　　　僕らの肉体も
　　　　　　　トイレットペーパーと同じなんだ。
　　　　　　　魂をすべて磨けば
　　　　　　　捨てるべきゴミ。

息子、首根っこを掴んで

女　　　　　しっかりしてよ!　馬鹿なの?
　　　　　　　私たちには今、
　　　　　　　トイレットペーパーを買うお金すらないのよ。

息子　　　　この間、持ってきたトイレットペーパーは?

女　　　　　それは毎晩
　　　　　　　あなたのせいで
　　　　　　　流した涙を拭くのに使っちゃったわ。

息子　　　　この間、
　　　　　　　持ってきたポケットティッシュは?

女 　　　　それはあなたが
　　　　　人々に詩を朗読してあげたいと、歩き回り
　　　　　殴られて来た日に
　　　　　あなたの流した鼻血を拭くのに
　　　　　全部使ったじゃない。

息子 　　　僕たちには
　　　　　それでもまだ鳥がいるんだ。
　　　　　産婦人科では
　　　　　夜になるとこっそり
　　　　　幼い子供たちを布に包んで
　　　　　捨てるんだそうだ。

息子、女のお腹をなでながら

鳥よ、鳥よ、鳴いてみな、鳴いてみな
私があげた羽で羽ばたいてみな

女、自分のお腹を見下ろす。
けらけらと笑う。くんくんと鼻をならす。
ネズミのように。

母親 　　　堕しなさい。
　　　　　お前みたいな障害者を増やすつもりなの?

息子 　　　僕の腕に似てる子供が生まれるはずだよ。

母親 　　　堕しなさい!
　　　　　つわりが出れば、青大将かマムシを
　　　　　生きたまま食べさせなさい。
　　　　　毒のあるものを食べさせれば、
　　　　　お腹の中の子供が
　　　　　舌を噛んで死ぬのよ。
　　　　　それもできないなら……。

オオカミは
目玉から
鼻

217

女	あら！　お母さんの舌がもつれてるわ。
息子	母さん、お腹の中の 泣き声を 殺すことはできないよ。 子どもは僕と 同じ泣き声を 持っているんだ。 僕があの女のお腹に 入れてやったから。
母親	お前は、自分の子を 抱いてあげることも できないのよ。
息子	けれど、子供と一生 お互いに目を避けたりは しないつもりだよ。母さんみたいには。
母親	私はまだ お婆さんにはなりたくないわ。
息子	僕はもう 父親にならなくちゃ。
母親	お前も父さんのように たわいないことばかり言うのね。 父親たちは 剝製のようなもんさ。 高い所にすごい目を向け、 威厳だけを見せるのよ。 使い道なんかちっともないわ。 お前の子供たちは、いや、 お前に似た鳴き声は 腹が減って すぐに止むはずよ。

この時、サイレンの音とともにサイバー警官たちが押し寄せる。
家の中のすべての物をひっ繰り返して調べ始める。
バーコード検証機を死体に当ててみる。

警官2　　　　　　　<鼻をふさいで>
　　　　　　　　　　ウッ、
　　　　　　　　　　鼻で息ができない!
　　　　　　　　　　尻の穴で
　　　　　　　　　　息をするしかないぞ。

母親　　　　　　　私は車にひかれたり
　　　　　　　　　　森で罠にかかったやつを拾ってきて
　　　　　　　　　　剥製にして
　　　　　　　　　　売っただけです。

警官2　　　　　　　私たちは訓練された者です。

警官1　　　　　　　これです。先日、盗難届が入ったやつです。

警官2　　　　　　　そうか。

人々を見回す。母親、冷蔵庫を開けて札束をカバンに隠す。
密かに逃げようという気配だ。

警官2　　　　　　　ちょっと、そこの両腕のないお前。
　　　　　　　　　　こっちに来い。口を開けてみろ!

息子、口を開ける。懐中電灯で牙を調べる。
警官2、懐から手配写真を出して、
息子の顔と見比べながら何かを確認したようだ。
警官1と2、こっそり話す。

オオカミ三は
目玉から
心臓

警官2	こいつだ。牙が確実にそうだ。
	奥歯はどこに隠した?

裏門を開けて出ようとしたが、カバンを下して振り返り、

母親	サイバーのお役人さん。
	私たちの家族はみんな
	奥歯をギュッと噛みながら生きてるのよ。
	あっちでズボンを下ろすから
	一度だけ大目に見てよ。

警官1	盲の家族を皆殺しにして、
	埋めた疑いで、
	あなたを逮捕します。

警官1、息子の後ろに行って、手錠をかけようとする。

母親	私の息子がそんなはずがないわ。
	私の息子は
	人を殺してなんかいないわ。
	証拠もないじゃないの。

警官1	さあ。
	それは調べれば
	わかります。

息子	僕は濡れ衣を着せられたんだ。
	我が家門は偉大だぜ!
警官1	そんなことには関心ないな。
	俺は銃を持っているんだぞ!

息子	僕は世の中で銃が一番嫌いなんだ。

僕は無罪です!

女、大声をあげながら走ってくる。

女　　　　　ああああああああ

警官、銃を女の頭に打ち下ろす

警官1　　　公務執行妨害罪。

警官たち、家中のものをめちゃくちゃにひっくり返して調べる。
鼻をひん曲げる。

警官1　　　キモ悪い。
　　　　　　　あちこち
　　　　　　　銃で撃ちまくりたい気分だ。
　　　　　　　〈母親に銃を向ける〉
　　　　　　　あんたも疑わしい。
　　　　　　　家族はいつもグルだから。

母親　　　　核爆弾が落ちて以来
　　　　　　　家族は無くなったわ。
　　　　　　　知らないの?

警官2　　　そういえばゾンビたちが
　　　　　　　人間たちが懐かしくて
　　　　　　　闇の中で
　　　　　　　拾ってくる人間の細胞で
　　　　　　　剥製を作る世の中だ
　　　　　　　人間はどのくらい

生き残っているのか……。
はっきり言え!
お前たちは人間なのか、獣なのか?

警官1，2、銃を持ち一人ずつ狙う。怖気づいた息子、母親、女。

女　　　　　私はネズミよ。その女がみんな買ってくれたの。

母親　　　　〈怖がりながら〉
　　　　　　　お巡りさん。
　　　　　　　私たちは核家族です。時々会います。
　　　　　　　その子が
　　　　　　　それでも幼いころは
　　　　　　　素直で純真な子供でした。
　　　　　　　〈急に泣き出して〉
　　　　　　　その子は両腕がないのを
　　　　　　　除けば正常です。
　　　　　　　腕を私のお腹の中に置いて来たけれど
　　　　　　　母親の世話をするために苦労してきました。
　　　　　　　先生たちが泣くのも
　　　　　　　自己保存本能です。
　　　　　　　その子はこの世のすべては
　　　　　　　自分が代わりに
　　　　　　　泣いてあげられると
　　　　　　　思っています。
　　　　　　　気がおかしいの。捕まえに行って。早く…うっうっ

剥製を持ってくる警官2

警官2　　　　剥製か……。
　　　　　　　命のない物たちを

増殖しようという欲求
その土台にいる奴らは
ほとんど芸術家になったり
犯罪者になるんだ。
息子さんのケースは……。

母親　　　　両方、当てはまるわ。
しくしく……。

警官2　　　それなら状況を見て、
一旦今は、
息子さんの心理を逮捕します。
獣は
鳴き声を保存することに
失敗すると種族保存に失敗することと同じです。
おそらく息子さんは
『種の起源』を違う方式で
研究したかったのかもしれません。
しかし銃を持つ私たちは、
正常から離れた者たちの心理を
事前に気づき、
逮捕しなければなりません。
私たちはそのように訓練されています。

母親　　　　その通りよ。息子は『種の起源』を
最初から全部覚えています。
幼い頃から足の指で
ページをめくれるように
私が訓練しました。
足の指で、あの子はお金を数えることもできるわ。
証拠が必要なら、
今すぐ見せられます。何してるの?
早くこっちに来なさい。

警官1　　　いいです。メールや手紙で送ってください。

警官2	TNT　607さま。この母子は お互いの背景に ある言語のようです。 怪しいです。
警官1	そうだ。 お互いの言葉の間に 浮かんでいる 背景みたいだ。 獣でも人間でもない 言語のような文じゃない。 この世から言語が消えてからどのくらいなのかな 未だに言語を使う者がいるなんて 言語は禁じられている。宇宙の遠くの地形だ。 もしかして本を見ているのかも知れない。捜せ! 怪しい。
息子	ここには本なんかないよ。 活字をどうやって見るんだ。 人工衛星の数よりも少ししか残っていない 活字がどうしてうちにあるんだ。
女	おじさん。 この人が言うには運命って図々しいんだって。 運命って一人で歩き回るくせに何かというと 人間に 濡れ衣を着せるとかね。 だから私、本からは下水溝だけを見たわ。
警官2	本?　本を見たんだって? なら言語を使うんじゃないか! あんた!　宇宙の塵になりたいのか?〈銃で狙う〉
息子	僕は言語を失ってから長いんだ。 言語が消えてから生まれたんだ。 僕はオオカミです。

警官2	兄貴。一旦、我が惑星に連行しよう。

警官1	公では兄貴っていうなと言ったじゃないか。
	我々はサイバー機械なんだ。

女	みんな、捕まえて行ってよ。ここは狭いのよ。
	私が一人で住むにもね。
	しくしく……。

警官2	チューチュー鳴くな。
	尻尾を切っていくぞ。

息子、突然和やかな表情で立ち上がりながら

息子	母さん、私は行かなくちゃいけません。
	僕が罪を被るからね。
	帰ってくるまで
	健康でいてよ。
	彼女と
	孫たちの面倒もお願いします。

母親	うん。帰ってくる時には
	今度は
	電話するのを忘れないで。

警官1、手錠をかけようとする。手がないことに再度気づき、少し慌てる。
警官1と2　慌てるな。我々は訓練されている。

警官2	我々は、TNT21-22号だ。
	人間関係と人、状況に関して認知できるようにプログラミ
	ングされて作られた。バーコードなしで5キロメートル以
	上無断で移動すれば、体中に内蔵されている自動化機器が

動いて、爆発する。我々は命令遂行を終えれば、測量した
ものの画素だけを送り、そこで燃え尽きるように会社と約
定されている。人間を信じてはいけない。それよりもっと
恐ろしいことは、人間を愛することだ。人間を愛してはい
けないと我々は訓育されている。

息子　　　　申し訳ないけど、僕には手錠にふさわしい
　　　　　　　両腕がありません。

警官2　　　そうだね。
　　　　　　　けれど手錠をかければ
　　　　　　　ほとんどの人が運命が大きく変わるんだ。
　　　　　　　けれど、あなたは
　　　　　　　手相がないから
　　　　　　　予測も不可能だな。

息子、微笑む。
女、立ち上がる。

女　　　　あなた、行ってらっしゃい。

息子　　　うん、そうするよ。ハニー。
　　　　　　　繁殖、がんばれよ。
　　　　　　　どこででも
　　　　　　　よだれを垂らしたりするな。

女　　　　うん、もう泣かないから。
　　　　　　　頑張ってきて。あなた。

息子、女のお腹に近づいて顔をこする。

母親	私の息子から離れなさい！
	このネズミみたいな女め！

女	クソババア！　何よ、あんたは!
	私に言ったことを
	そのままお母さんに言ってね。

| 息子 | 静かにできないのか！ |

息子、警官を振り払い、女を蹴りまくる。警官たちが止めさせる。

息子	母さん。

母親	どうしたの?　坊や。

息子	母さん、僕たちはなぜ
	この世から薄れていくんですか?

母親	坊や、でもね、
	お前が生まれた時、
	私はお前を
	なめてあげたの。

息子	母さん、もう僕は
	光をみても、それに飛びかかったりしないよ。

母親	お前、道上で
	血を流さないように注意しなさい。
	人々がお前の血を見て
	足音をさらに殺すかもしれない。

警官1	行こう。

警官2	もっと聞いていたりすれば、

息子の言語に感染するかも知れない。

ポケットから無線機を取り出して送信する。

ラジョー!ここは惑星B289。コードネーム地区。西暦4800.
TNT 21-22号。生き残った人類は、アーカイブに皆、向っ
たようだ。建物と建物の間に鉄男たちの姿は見えない。エ
バ(EVA)1期のように生じた旧世代ロボットは一つも見えな
い。地震は2096年に完全に停止した。防衛司令部は土の
中にあるのか、それとも近郊の海の中に水葬されているの
か、確認できない。1954年に生産が中断されたRCA真空管
を持てという命令を受けて池袋、秋葉原にやってきた。現
在、温度4度。時間は夜11時湿度200、人なのか、その複
製なのか区別のできない動きが、建物の間に満ちている。
生命体は人間、オオカミ、耳、ネズミ、バンパイアたち
で、建物の裏側で寝ている。2067年になってこの都市はゾ
ンビが占領し、その後1500年間ゾンビは食糧不足で、仲間
同士で食い合って絶滅した。空は灰色から黒い鉛色に変わ
っている。カプセルを食べなければならない時間だ。すぐ
帰還する。生命体たちは生きるため、決して口を割らずに
生きている。笑いのウイルスは、人類を笑わせて絶滅させ
る原因となった。地球では<ユー・ナマー>の権威で、実験
対象に人間を用いたという疑惑が今も導出されている。私
たちは宇宙で禁止された「言語」を使用する者たちを発見
したようだ。ここは湿った空気に触れて、物の腐食が急速
に進んでいる。その事実を知らせる計測器が発明されなか
ったのか、市全体の腐食度が高い。すぐ離陸準備する。
ロジャー。

息子　　　　お巡りさん、ちょっと待ってください。
　　　　　　　僕と母さんの最後の挨拶なので
　　　　　　　もうすこし二人きりに
　　　　　　　してもらえないですか?

| 警官2 | 10分だけです。 |
| | それ以上はだめです。 |

| 息子 | はい、10分で充分です。 |
| | 餅をつくには。 |

息子	母さん、急いで。
	僕もいないのに
	飢え死にするわけにいかないじゃないか。

| 警官1 | 外で待っているから |
| | 早く終わらせてください。 |

母親	そうね、急ごう。
	これまでお前の腕がどのくらい上がったのか
	見てみたいわ。
	私がお前の体に餅をやるから
	お前は私の体に唾を吐きなさい。
	お尻がこれ以上しわくちゃにならないうちに
	一回でも多くやってみなくちゃね。

息子、母親のお尻にかぶりと噛みつく。

| 息子 | まだパンパンですよ。 |
| | 母さん、希望を持ってよ。 |

| 母 | 希望って何かしら? |

| 息子 | 一緒に……寝る前に |
| | しばらくの間、微笑むことさ。 |

息子と母親、部屋に入る。
息子と母親、性交する姿が見える。
<息子はまるで自分の言いたい言葉を母親の一番奥深い所に挿入するように

オオカミは
目玉から
食べ

母親はその言葉を体の深い所に一つずつ受け入れるように>
天井から少しずつ土が落ちる。息を切らすように、
少しずつ崩れ落ちるように。

音楽の音、ますます高まる

息子　　　　母さん。

母親　　　　どうしたの?

息子　　　　剝製は
　　　　　　　鳴き声がなくても
　　　　　　　どうして腐らないの?

母親　　　　魚はなぜ鳴かないの。岩はなぜ剝製にできないの。
　　　　　　　雲も剝製にして遠い国に売りだしたい。
　　　　　　　アフリカには食べ物より雪を小包で
　　　　　　　送ってあげなくちゃ。
　　　　　　　一生、雪を見ることができないからお金になるわ。
　　　　　　　雪はなぜ剝製にできないの?

息子と母親、微笑む。

息子　　　　母さん、僕は未だに
　　　　　　　母さんの体の中で
　　　　　　　喘いでいるみたいだ。
　　　　　　　僕の腕を返してよ。

母親　　　　また、また、その話。
　　　　　　　ここにはないってば。

息子　　　　ここにあるじゃないか。

| 母親 | 他に行って探してみて。 |
| 息子 | <下を感じながら>
ここ、ここだよ。 |

| 母親 | 終わらせないで、終わらせないで。 |

| 息子 | 母さん、僕は
母さんと同じ血を分かち合ったんだろう? |

| 母親 | いや、私の血は
お前に分けてあげたくないわ。
私たちは同じ声を持っただけよ。 |

| 母親 | ゆっくり、
ゆっくりやって。
うまく聞き取れないの。 |

| 息子 | 僕は、僕の腕と交信しているんだ。
僕が泣いているのは
僕の不具を泣いているんだ。
僕の不具があの不具を呼んでいるんだ。
母さん、
僕は腕なしで…
<ハアハア>生まれてきたんじゃ…
ないよ。 |

| 母親 | また、その話? <ハアハア>
その話は
もう止めてちょうだい。 |

| 息子 | 僕はここ、
ここに、
僕の両腕を残してきたんだ。
僕が置いて来たんだ。 |

| 母親 | <ハアハア> もう少し我慢してよ。 |

オオカミは
目玉から
青つ

　　　　　ほっつき歩いたせいか
　　　　　体力が前ほどじゃないのね。
　　　　　男がそれくらい我慢できなくて
　　　　　どうやって宇宙を手に入れるのよ。
　　　　　私の体にもっと唾を吐いて
　　　　　私の体にもっと唾を垂らして
　　　　　お前が置いて来たのよ。
　　　　　あの腕、私の体の中に。
　　　　　置いて来たのよ。

息子　　　＜ハアハア＞もう我慢できないよ。
　　　　　変な根たちが僕を引っ張ってるんだ。

母親　　　もうちょっと頑張って。

息子　　　ウッ……。

母親　　　もう少しだけ……。

息子　　　母さん……。
　　　　　母さん!
　　　　　母さん!

母親　　　やめて、
　　　　　やめて、
　　　　　い……いたい、
　　　　　いたい。

息子　　　あ、もう絶対無理だよ。
　　　　　どうしよう。

母親　　　出しなさい。私の中に……。
　　　　　中に……出しなさい。

息子　　　本当に中に、
　　　　　出してもいいの?

母親	そうよ。中に出しなさい。
	私の中に…
	全部出して!早く!

息子	ウッ……。

母親	<水が体中に満ちていくような怪しげな声>
	あああああああ…。

女、再び頭を上げて突然目を開けながら

女	腕〜が〜あ〜　濡れた〜あ〜
	腕〜が〜あ〜　濡れた〜の〜
	腕〜が〜あ〜　泣〜くん〜だあ〜
	腕〜が〜あ〜　出〜る〜う〜

しばらくして電気がつき、ドアの外には警官の気配

声<警官たち>　早く出ろ、
ゲートが閉まる時間だ
今、戻らなければ
永遠に時間の中に閉じ込められるぞ。

息子、力なく外に出る。

母親	<気を取り戻しながら>
	お前の父さんに似て
	幼い頃からお前は
	変わったところが多かったわ。
	警官たちも忙しいだろうから
	早く行ったほうがいい。

オオカミは
目玉から
育つ

　　　　　　　　私がドアを開けてあげるわ。

息子　　　　うん。ありがとう。
　　　　　　　母さん。

母親、ドアを開けてやる。警官たち、息子の口を開けて霜を撒く。
口の中が凍り付く。ケマゲを被せる。牙が凍り付く。連れて退場。
母親、ドアを閉めて少し考え込んだようすだ。
どこからかオオカミの長い鳴き声。
母親、股を広げて下を見下ろす。
子宮の中、深い所から聞こえてくるオオカミの鳴き声。母親、後ろに倒れ
る。

暗転。

第三章

3

女が揺り椅子に座ったまま自分のお腹を眺める。
お腹の赤ちゃんに童話を読み聞かせている。

どこか遠い所から、かすかで単純な、鮮やかだが遥かなる鐘の音が聞こえて
きます。日差しが、割れた鐘の音を口で挟んで行きます。あなた、夜が深く
なればなるほど、私の使う言語は獣の色になり、夜が明ければ明けるほど植
物の色になっていきます。夜になると私の言語は獣になり、夜明けには植物
になるのです。何が言いたいのか気になるでしょう。私が言いたいのは、あ
る命は血を吐いて死ぬのではなく、自分の体の中にある植物をすべて吐いて
から死ぬこともあると言いたいのです。あなた、人間は全体ではなく部分を
病んで逝くようです。あなた、あなたに向かう時間はいつも獣であったり植
物であったりしました。私は今、私の中の生態系に汚されています。あなた
は野蛮で私はこの時間に慣らされていく無数の仮面です。お客はあなた、ど
うぞ中へ。

その時、チャイムの音がゆっくりと一回聞こえる、母親が黒いサングラスを
かけたまま杖を突いて登場する。
女、童話の本を後ろに隠す。壁をたどって近づいてくる母親。

女　　　　あら、お母さん!

母親　　　私の娘。

母親、目が見えないようで、壁を手探りしながら周りを見回す。

女　　　　突然
　　　　　　家に来られるなんてどうかしたんですか?
　　　　　　電話も入れないで…
　　　　　　家に男でもいたら
　　　　　　大変なことになったわ。

母親　　　<咳をしながら>
　　　　　　また電話番号を変えたろう。

女	ここは二人で暮らすには 狭すぎるんです。

母親、揺り椅子の方に来て座る。

母親	あの子から連絡はあったの?
女	まだです。
母親	息子のことよ。
女	またその話? お母さん、もうたくさんよ。 彼が凍え死んでから もう一年近くになるんだから。
母親	凍え死んだって?. それは一体どういうこと?
女	お母さん、うんざりしないの? その話はもう こりごりよ。 彼は森の中に逃げ込んで うろついた揚句 罠にかかったまま凍え死んだんです。
母親	私の息子は詩を書いたんだって。
女	それは お母さんの妄想よ。彼はただの障害者だったわ。
母親	あの子を堕ろそうとした時 お腹の中から息子が叫ぶ 悲鳴をはっきりと聞いたのよ。

オオカミは
目玉から
育つ

女　　　　　お母さん、人生は
　　　　　　　毎日悲鳴だらけよ。
　　　　　　　知らなかったの?

母親　　　　それは
　　　　　　　息子が最後に
　　　　　　　私の口に銜えさせて行った
　　　　　　　言葉じゃないの。

女　　　　　そうです。彼は
　　　　　　　いつも訳のわからないことばかり
　　　　　　　つぶやいて
　　　　　　　去ったのよ。

母親　　　　私は今、
　　　　　　　涙を流しているとは
　　　　　　　言わないつもりよ。

母親に近づく。

女　　　　　お母さん、私を一度抱いてください。
　　　　　　　もっとぎゅっと。
　　　　　　　お母さん、私を飢え死にさせるつもりなの?
　　　　　　　お腹の赤ちゃんまで
　　　　　　　飢え死にしそうよ。
　　　　　　　もっとしっかりして
　　　　　　　ちゃんと働かないと。
　　　　　　　今日はいくらもらって来たの。

母親、女にかごの小袋の中からお金を出して渡す。

母親　　　　すまないね。

でも私はもうこれ以上
働けないのよ。
年老いて力が出ないの。

女　　　　このままだと
尻の穴がひっつきそうよ。

母親　　　あら、この間
もらってきたお金は
もう全部、使ったの?

女　　　　お母さん、
あれからもう一ヶ月も
経ったわ。

母親　　　地下鉄で
物乞いして
もらってきたお金は?

女　　　　それは
お母さんのサングラスを
買うのに全部使ったじゃない。

母親　　　歩道橋で
しゃがんで
物乞いしてきたお金は?

女　　　　そりゃ、
お母さんのハーモニカを買うのに
全部使っちゃったじゃないの。

母親　　　私はこれでもう、
少し休みたいの。

べたっとへたり込む母親

女　　　　　　　お母さん、
　　　　　　　　何事もそう簡単に諦めて
　　　　　　　　この世をどう生きていけるの?
　　　　　　　　起きてもう一度行ってきてよ。
　　　　　　　　自分から街に出たのはお母さんよ。

母親、椅子から立ち上がる。杖を突いてドアの方まで手探りで進む。

母親　　　　　　息子が森の中をうろついてから
　　　　　　　　帰ってくるかもしれないから
　　　　　　　　ドアは開けっ放しにしておこう。

女　　　　　　　この世が懐かしくて
　　　　　　　　うろついているなら
　　　　　　　　それは幽霊でしょ。

母親　　　　　　お前……。

女　　　　　　　また、何ですか?

母親　　　　　　私は視力を
　　　　　　　　失ったんじゃない。
　　　　　　　　目を開けられない
　　　　　　　　だけなの。

女　　　　　　　お母さん、
　　　　　　　　私の宇宙も
　　　　　　　　毎晩うんうんと病んでいるの。

母親、咳の声がひどくなる。ドアを開けかけて

母親　　　　　　お腹の赤ちゃんは

　　　　　ちゃんと育っているの?

女　　　この前、
　　　　　耳が一つできました。
　　　　　足の指も一つできました。
　　　　　少しずつ外の音を聞いて
　　　　　お腹を叩くの。

母親　　オオカミは目玉から育つものよ。
　　　　　童話をたくさん
　　　　　読んでおやり。

女　　　童話って
　　　　　大人が見る悪夢だって。
　　　　　そんなもの
　　　　　子供には読んでやれないわ。

母親　　お前、私は、お前が
　　　　　大人になったら
　　　　　いつかお前のそばで
　　　　　道に迷いたかった。

女　　　お母さん、それは
　　　　　彼が私のお腹に顔を当てて
　　　　　お腹の子に言った言葉よ。

母親　　そうなの、そうなの。
　　　　　ありがとう。

女　　　お母さんも彼に似て
　　　　　訳のわからないことばかり
　　　　　言うのね。
　　　　　忙しそうだから
　　　　　私がドアを
　　　　　開けてあげるわ。

| 母親 | そうね。分かったわ。 |

| 女 | 今度来られる時は |
| | 電話するのを忘れないでね。 |

| 母親 | わかってるわ。 |
| | 今度は忘れないから。 |

母親、ドアの外に退場し、女はドアを閉める。しばらく静寂。
再び女が椅子の方に来て座る。また童話の本を持つ。
女、ふと自分のお腹の中を眺めているようだ。
いきなり女がつわりを始める

女	すでに20ヶ月目なのに
	生まれようとしない。
	出産の日が
	はるかに過ぎたのに……
	お腹の中でずっと泣いてばかりいる……。
	子供の泣き声が脚の間に
	夜毎に流れて出る
	聞きたくないわ
	聞きたくないわ
	どうも変な子が
	お腹の中に
	宿ったみたいだわ。

女、隅に行ってお丸の上に座る。
お尻に力を入れている。苦しそうな表情。
だめだと思ったのか、流し台の方に行って瓶を一つ取り出す。
瓶の中には一匹のマムシがとぐろをまいている。
瓶を持ち上げて飲もうとするとき、
ボリュームが次第に大きくなり
落ちてくる白い土。

どこかで泣き声が響く。
まるでこの世の子宮の中のすべての泣き声のように。
突然
ドアを蹴っ飛ばして入ってくる母親、女に飛びかかる

母親　　　　ダメ!
　　　　　　見える、見えるのよ。

オオカミの鳴き声が長く響き渡る。
照明、徐々に暗転。

　　　　　　　　<終>

늑대는 눈알부터 자란다
ⓒ 김경주 2014

초판 1쇄 인쇄 : 2014년 9월 15일
초판 1쇄 발행 : 2014년 9월 20일

지은이 : 김경주
펴낸이 : 강병선

편집인 : 김민정 | 편집 : 강윤정 | 아트디렉션, 디자인 : 김바바, PL13
마케팅 : 정민호 나해진 이동엽 김철민 | 온라인마케팅 : 김희숙 김상만 한수진 이천희
제작 : 강신은 김동욱 임현식 | 제작처 : 영신사

펴낸곳 : (주)문학동네 | 임프린트 : 난다
출판등록 : 1993년 10월 22일 제406-2003-000045호
주소 : 413-120 경기도 파주시 회동길 210
전자우편 : blackinana@naver.com 트위터 / @blackinana
문의전화 : 편집 031-955-2656 | 마케팅 031-955-8890 | 팩스 031-955-8855
문학동네카페 : <http://cafe.naver.com/mhdn>

ISBN 978-89-546-2571-5 03810

*　　　난다는 출판그룹 문학동네 임프린트입니다. 이 책의 판권은 지은이와 난다에 있습니다.
　　　이 책 내용의 전부 또는 일부를 재사용하려면 반드시 양측의 서면 동의를 받아야 합니다.
*　　　이 도서의 국립중앙도서관 출판시도서목록(CIP)은
　　　e-CIP 홈페이지(http://www.nl.go.kr/cip.php)에서 이용하실 수 있습니다.
　　　(CIP 제어번호 : CIP2014024821)

www.munhak.com